Tome 2
Refuge à Gamwell

© 2010 Les Éditeurs réunis (LÉR).

Illustration de la couverture : Sybiline

Les Éditeurs réunis bénéficient du soutien financier de la SODEC
et du Programme de crédits d'impôt du gouvernement du Québec.

Nous remercions le Conseil des Arts du Canada
de l'aide accordée à notre programme de publication.

Édition :
LES ÉDITEURS RÉUNIS
www.lesediteursreunis.com

Distribution au Canada :
PROLOGUE
www.prologue.ca

Distribution en Europe :
DNM
www.librairieduquebec.fr

Imprimé au Québec (Canada)

Dépôt légal : 2010
Bibliothèque et Archives nationales du Québec
Bibliothèque nationale du Canada

LES CHRONIQUES DE

ROBIN HOOD

D'après l'œuvre d'Alexandre Dumas

Tome 2
Refuge à Gamwell

LER
LES ÉDITEURS RÉUNIS

Dans la série
LES CHRONIQUES DE ROBIN HOOD

Tome 1 : La délivrance de Christabel
Tome 2 : Refuge à Gamwell
Tome 3 : L'arbre du Rendez-vous
Tome 4 : La promesse de sir Richard

I

Le front, les paupières ou plutôt la figure entièrement endommagée par les flammes de la
torche auxquelles elle venait de servir d'étei-
gnoir, le sergent Lambic eut encore la chance de
prendre, en pourchassant Robin, une direction
tout à fait opposée à celle du fuyard.

Au temps où se passe cette histoire, le château
de Nottingham possédait une quantité prodigieuse de passages souterrains creusés dans les
rochers de la colline au sommet de laquelle
s'élevaient ses tours et ses murailles crénelées ;
peu d'individus, même parmi les plus anciens
habitants de la citadelle féodale, connaissaient
exactement la topographie de ce sombre et
mystérieux labyrinthe. Lambic et ses hommes y
vagabondèrent donc au hasard, et se séparèrent
les uns des autres sans s'en apercevoir.

Lambic, presque aveuglé, nous l'avons dit,
tourna le dos à Robin, laissa ses hommes s'éloigner à gauche, et arriva devant le grand escalier
du château, en haut duquel il crut entendre le
pas de ses hommes.

— Bon ! se dit-il, ils ont rattrapé le jeune drôle et le conduisent devant le baron ; il faut que j'arrive en même temps qu'eux, sinon ils se feraient un mérite de leur vigilance aux yeux de monseigneur, les stupides brutes !

Tout en grognant ainsi, le brave sergent arriva à la porte de l'antichambre du baron, et, prudent par expérience, il voulut, avant de se montrer, savoir comment le vieux Fitz-Alwine accueillait le retour de ses hommes en compagnie du prisonnier ; il colla donc son oreille au trou de la serrure, et écouta le dialogue suivant :

— Cette lettre m'annonce, dites-vous, que sir Tristan de Goldsborough ne peut venir à Nottingham ?

— Oui, monseigneur ; il est obligé d'aller à la cour.

— Fâcheux contretemps !

— Et il vous prévient qu'il vous attendra à Londres.

— Tant pis ! Indique-t-il le jour de notre rendez-vous ?

— Non, monseigneur ; il vous prie seulement de vous mettre en route aussitôt que possible.

— Eh bien ! je partirai ce matin ; donnez des ordres pour qu'on prépare mes chevaux ; je veux être accompagné par six hommes d'armes.

— Vous serez obéi, monseigneur.

Lambic, fort étonné de ce que Robin n'était pas là, s'imagina que les soldats l'avaient reconduit en prison et courut s'en assurer ; mais la porte du cachot était toute grande ouverte, le cachot vide, et la torche fumante encore gisait par terre.

— Holà ! je suis perdu ! se dit le sergent. Que faire ?

Et il revint machinalement à la porte de la chambre du baron en osant espérer encore que les soldats y ramèneraient le damné forestier. Pauvre Lambic ! il sentait déjà autour de son cou l'étreinte d'une corde neuve. Cependant l'espérance, qui n'abandonne jamais complètement les malheureux, l'espérance lui sourit lorsque, ayant de nouveau collé son oreille au trou de la serrure, il reconnut que tout était calme et silencieux dans l'appartement. Le soldat fit le raisonnement suivant :

— Le baron dort, donc il n'est pas en colère ; il n'est pas en colère, donc il ignore que le forestier m'a glissé entre les mains comme une anguille ; il ignore la fuite du forestier, donc il ne me suppose pas répréhensible, punissable, pendable ; donc je puis me présenter devant lui sans crainte aucune, et lui rendre compte de ma mission comme si je l'avais remplie à sa plus grande satisfaction ; je gagnerai ainsi du temps, et pourrai savoir ce qu'est devenu ce satané Robin, afin de le réintégrer dans son cachot, ou de l'y maintenir si mes quatre stupides bêtes de soldats ont eu la chance de bien faire leur devoir. Je puis donc me présenter sans crainte... oui, sans crainte, devant mon terrible et tout-puissant seigneur... Entrons. Mais il dort, il dort! Oh! alors autant vaudrait accoster un tigre affamé et se permettre de lui caresser le dos! Pas si fou ne suis-je d'éveiller monseigneur. Oh! oh! cependant, continuait à se dire le pauvre Lambic, tremblant et rassuré tour à tour, tour à tour timide et fanfaron, cependant si le baron ne dormait pas? Tant mieux, ce serait alors le vrai moment d'entrer, cela prouverait derechef qu'il ignore ma mésaventure. Vraiment, s'il ne dort pas, ce calme et ce silence tiennent du prodige! Mais j'y pense, essayons un peu de gratter le bois de la porte, et si ce bruit est trop mal accueilli, j'aurai le temps de me sauver.

Lambic gratta légèrement de l'ongle sur le milieu de la porte à l'endroit où il y a le plus de sonorité. Cette espèce de provocation demeura sans résultat, et le silence de l'intérieur ne fut pas troublé.

— Décidément il dort, pensa de nouveau Lambic. Eh! non, imbécile que je suis! Il est sorti; il est auprès de sa fille, sinon je l'entendrais encore, car il dort en grondant.

Poussé par une diabolique curiosité, le sergent manœuvra doucement la clef de la serrure, qui tourna sans grincer sur ses gonds, et lui permit d'allonger le cou pour embrasser d'un premier coup d'œil l'appartement en son entier.

— Miséricorde !

Ce cri de terreur expira sur les lèvres de Lambic, le froid et l'immobilité de la mort le saisirent, et il demeura enchâssé dans l'entre-bâillement de la porte, tandis que le baron, muet d'étonnement lui-même et stupéfait de tant d'audace, le foudroyait de ses regards.

Ce malheureux Lambic, la chance lui était toujours contraire, un mauvais génie s'achar-nait sur sa personne, et la fatalité voulut qu'il troublât le baron juste au moment où le vieux pécheur, agenouillé devant son confesseur, demandait une absolution avant de partir pour Londres.

—Misérable ! gueux ! infâme sacrilège ! espion du confessionnal ! envoyé de Satan ! traître vendu au diable ! Que viens-tu faire ici ? s'écria le baron qui pouvait enfin respirer et lâcher les écluses de sa fureur. Qui donc en ce château est le maître ou le valet ? Est-ce toi le maître ? Est-ce moi le valet ? La corde au cou, pâture à corbeau ! et je ne monterai pas à cheval avant que tu n'aies monté l'échelle de ma potence.

— Calmez-vous, mon fils, dit le vieux moine confesseur, Dieu est miséricordieux.

— Dieu n'est pas servi par de pareils sacri-
pants, reprit le baron en se relevant ivre de
fureur. Ici, coquin! ajouta-t-il après avoir
tournoyé dans la chambre comme une hyène
dans sa cage ; ici à genoux, prends ma place, et
confesse-toi avant de mourir.

Lambic ne quittait pas le seuil de la porte, et
quoiqu'il eût perdu tout esprit d'à-propos, il
cherchait néanmoins à profiter d'un temps
d'arrêt dans la colère de son maître pour
risquer une justification. Le baron, dont les
pensées et les paroles se succédaient incohé-
rentes, lui offrit sans le vouloir l'occasion de se
disculper.

— Que me voulais-tu ? demanda-t-il tout à
coup, parle.

— Milord, j'ai frappé plusieurs fois à la porte,
répondit humblement le sergent, j'ai cru qu'il
n'y avait personne, et j'ai pensé...

— Oui, tu as pensé à profiter de mon absence
pour me voler.

— Oh! milord...

— Pour me voler!

— Je suis soldat, milord, répondit Lambic
avec fierté.

Cette accusation de vol ranimait son courage
naturel, et il ne redoutait plus la prison, les
coups de bâton et la corde.

— Tudieu! quelle noble indignation! dit le
baron en riant ironiquement.

— Oui, milord, je suis soldat, soldat au service de Votre Seigneurie, et Votre Seigneurie n'a jamais eu de voleurs pour soldats.

— Ma Seigneurie peut et veut, s'il lui plaît, appeler «voleurs» ses soldats; Ma Seigneurie n'a pas à s'enquérir de leurs vertus privées; Ma Seigneurie enfin a trop de bon sens pour supposer que ta visite, messire Lambic, visite dont tu m'honores juste au moment où tu me crois absent, n'ait pas eu un but autre que celui de m'apprendre que tu es un honnête homme. Bref, voleur ou honnête homme, pourquoi es-tu venu ici? Tu me rendras compte ensuite de l'incarcération de notre jeune loup.

Lambic trembla de nouveau, la demande du baron lui prouvait que la fuite de Robin n'était pas encore connue, et il redoutait une crise des plus violentes dès qu'il expliquerait au baron la cause des brûlures de son visage; il restait donc immobile devant son terrible maître, les yeux stupidement écarquillés, la bouche béante, les bras pendants.

— Eh! d'où viens-tu? s'écria tout à coup le baron examinant la figure de Lambic. Parbleu! j'avais bien raison tout à l'heure de t'appeler «évadé de l'enfer»; car tu n'as pu roussir ainsi ton museau qu'en rendant visite au diable.

— C'est une torche qui m'a brûlé, milord.

— Une torche!

11

— Pardon, milord ; mais Votre Seigneurie ne sait pas que cette torche...

— Que me chantes-tu là ? Abrège ; de quelle torche parles-tu ?

— De la torche de Robin Hood.

— Encore Robin ! s'écria le baron d'une voix de tonnerre en allant décrocher son épée.

— Bon ! me voilà décidément emballé et expédié pour l'autre monde, pensa Lambic, qui se replia instinctivement sur le seuil de la porte et se tint prêt à fuir à la première botte que lui enverrait le baron.

— Encore Robin ! Où est-il, Robin ? criait le baron battant l'air de sa flamberge ; où est-il que je vous embroche de compagnie ?

Lambic avait déjà la moitié du corps hors de l'appartement, et se cramponnait des mains au bord de la porte, afin de la tirer sur lui si la pointe de la flamberge le menaçait de trop près.

— Mon fils, dit le vieux moine, les Philistins allaient être frappés ; mais ils prièrent Dieu, et l'épée rentra au fourreau.

Fitz-Alwine jeta son épée sur la table et s'élança vers Lambic, qui ne faisait plus mine de vouloir se sauver.

— Je demande encore, dit-il en le saisissant par le collet de son pourpoint et en l'entraînant jusqu'au milieu de la chambre, je demande ce que tu viens faire ici ? Je désire savoir en même temps quels rapports existent-ils entre Robin, une torche et ton hideux visage ? Réponds vivement et clairement, sinon voilà qui n'est pas une épée et que la clémence ne fera pas rentrer au fourreau.

En disant cela, Fitz-Alwine montrait du doigt, dans un angle de l'appartement, la longue et grosse canne à pomme d'or, le jonc presque phénoménal sur lequel il s'appuyait lors de ses promenades sur les remparts.

— Milord, repartit vivement le sergent qui venait d'inventer un biais afin d'éluder une réponse catégorique, je venais, milord, vous demander ce que Votre Seigneurie compte faire de ce Robin Hood.

— Eh ! morbleu ! je veux qu'il reste dans le cachot où il est enfermé.

— Veuillez me dire, milord, où est ce cachot ; j'y veillerai.

— Ne le sais-tu pas ? Tu l'y as conduit voilà à peine une heure.

— Mais il n'y est plus, milord. J'avais donné ordre à mes soldats de le ramener devant vous, et je pensais que vous aviez fait choix d'une autre prison... C'est dans ce cachot, milord, qu'il m'a brûlé la figure.

— Ah ! c'est trop fort ! hurla Fitz-Alwine qui fit un pas vers le jonc à pomme d'or, tandis que Lambic tournait à demi la tête et calculait d'un œil inquiet s'il aurait le temps de fuir avant que l'orage n'éclatât.

Les coups allaient donc tomber comme grêle, car, malgré sa goutte, le baron n'était pas manchot, lorsque Lambic, poussé à bout, oublia l'inviolabilité de son seigneur, bondit au-devant de lui, lui arracha le jonc des mains, lui saisit les deux bras au-dessus de chaque poignet, et, avec autant de respect que le permettait la circonstance, le fit vivement reculer, le laissa choir dans son grand fauteuil de goutteux, et se sauva à toutes jambes.

À toutes jambes aussi le vieux Fitz-Alwine, auquel l'excitation du moment rendait un peu d'agilité, voulut poursuivre cet audacieux vassal ; mais deux soldats qui revenaient de leur expédition à la recherche de Robin lui épargnèrent cette fatigue, car, aux cris poussés par lui : «Arrêtez ! arrêtez !» ils barrèrent le passage au sergent, qui n'était pas encore sorti de l'antichambre.

— Arrière ! fit le sergent en repoussant ses deux subordonnés, arrière !

Mais Fitz-Alwine courut fermer la porte de sortie ; toute résistance était donc inutile désormais, et le malheureux Lambic attendait, plongé dans une morne stupeur, qu'il plût à son haut et puissant seigneur de se prononcer sur son sort.

Par un de ces phénomènes bizarres, inexplicables, et qui peut-être sont dans l'ordre moral ce que sont leurs analogues dans l'ordre physique de la nature, la colère du baron sembla calmée après cet épisode de rébellion, de même que le grand vent s'abat après une pluie légère.

— Demande-moi pardon, dit tranquillement Fitz-Alwine, qui, tout essoufflé, se laissa tomber, volontairement cette fois-ci, dans son grand fauteuil; allons, maître Lambic, demande-moi pardon.

Le baron ne manifestait peut-être cette tranquillité, cette mansuétude que parce qu'il n'avait plus la force de maintenir ses fureurs à leur diapason habituel; mais cela ne pouvait durer longtemps ainsi, et, à mesure que les hésitations craintives de Lambic se prolongeaient, à mesure aussi que la respiration du baron se régularisait, les bouillonnements de sa colère augmentaient d'intensité, et l'explosion de cette colère devenait imminente.

— Ah! tu refuses de me demander pardon! eh bien! ajouta Fitz-Alwine d'un ton cruellement sardonique, fais un acte de contrition: c'est fort utile avant la mort.

— Milord, voilà ce qui s'est passé, et ces deux hommes pourront témoigner de la vérité.

— Deux coquins comme toi!

— Je ne suis pas si coupable que vous le pensez, milord; j'allais fermer la porte du cachot, quand Robin Hood...

Nous ne suivrons pas le sergent dans son verbeux récit, entrecoupé de réticences à son avantage, nos lecteurs n'apprendraient rien de nouveau ; le baron l'écouta, non sans hurler de fureur, en trépignant et en se démenant dans son fauteuil autant que le diable, dit-on, quand un bénitier lui sert de baignoire, et il résuma ses menaces de châtiment par cette phrase d'un effrayant laconisme :

— Si Robin s'est échappé du château, vous ne m'échapperez pas, vous autres ! À lui la liberté, à vous la mort.

Soudain retentit un coup violemment frappé à la porte de la chambre.

— Entrez ! cria le comte.

Un soldat entra et dit :

— Que le très honorable lord me pardonne si j'ose me présenter devant Sa très honorable personne sans être mandé par Sa très honorable Seigneurie ; mais l'événement qui vient de se passer est si extraordinaire, si terrible, que j'ai cru obéir au devoir en venant l'annoncer immédiatement au très honorable maître de ce château.

— Parle ; mais pas d'histoire sans fin.

— Votre très honorable Seigneurie sera satisfaite ; l'histoire que j'ai à raconter a une fin, et elle sera aussi courte qu'elle est effrayante ; je sais qu'un bon soldat doit fatiguer son arc et ménager sa langue, et comme je suis un bon...

— À l'histoire, à l'histoire, imbécile ! cria le baron.

Le soldat s'inclina courtoisement et reprit :

— Et comme je suis un bon soldat, je n'oublie jamais ce principe.

— Bavard infernal ! tais-toi si tu n'as qu'à nous parler de ton mérite, ou raconte ton histoire.

Le soldat s'inclina de nouveau et reprit imperturbablement :

— Mon devoir m'ordonnait...

— Encore ! vociféra Fitz-Alwine.

— Mon devoir m'ordonnait de relever le factionnaire de la chapelle...

— Ah ! nous y sommes, pensa le baron, et il écouta attentivement.

— Je m'y transportai voilà cinq ou dix minutes, comme il plaira à Votre très honorable Seigneurie ; arrivé à la porte du saint lieu, je n'y trouvai point de sentinelle ; il devait y en avoir cependant, puisque je venais pour la relever. «Elle y est, pensai-je, allons au poste, allons requérir main-forte afin d'appréhender le délinquant, pour qu'il lui soit infligé une punition exemplaire, nonobstant la punition infligée de mon chef.» J'arrivai au poste en criant : «Sergent, hors la garde !» Personne ne sortit du poste ; j'y entrai ; personne au-dedans. «Oh ! oh !» pensai-je...

— Au diable tes pensées! bavard! Arrive au fait! cria le baron impatienté.

Le soldat exécuta de nouveau son salut militaire, et reprit:

— «Oh! oh! pensai-je, les devoirs du soldat sont méconnus dans la garnison du châtiment de Nottingham. La discipline s'est relâchée, et les conséquences de ce relâchement...»

— Mille dieux! Tu divagueras donc toujours, crétin bavard! chien prolixe! s'exclama le baron.

— Chien prolixe! murmura à part lui le soldat qui s'interrompit à cette épithète, chien prolixe! Moi qui suis grand chasseur, je ne connais pas encore cette race de chiens. C'est égal, continuons. Les conséquences de ce relâchement peuvent être funestes; je n'eus pas de peine à retrouver les hommes du poste attablés dans la cantine, et nous entreprîmes immédiatement une visite minutieuse et intelligente des abords du saint lieu et de son intérieur. Aux abords, rien de particulier, sauf l'absence continue de la sentinelle; mais à l'intérieur, cette même sentinelle était présente, et dans quel état, grand Dieu! présente comme les morts sur le champ de bataille, c'est-à-dire couchée par terre, sans vie, baignée dans son sang et le crâne traversé par une flèche...

— Grand Dieu! s'écria le baron. Qui a pu commettre ce crime?

— Je l'ignore, je n'étais pas présent ; mais...

— Qui est mort ainsi ?

— Gaspard Steinkoff... un rude soldat.

— Et tu ne connais pas l'assassin ?

— J'ai déjà eu l'honneur de dire à Votre honorable Seigneurie que je n'étais pas présent lors de la consommation du crime ; mais, afin de favoriser les recherches de monseigneur, j'ai eu l'esprit de m'emparer de la flèche homicide... La voilà.

— Cette flèche ne sort pas de mon arsenal, dit le baron après l'avoir examinée attentivement.

— Mais, avec tout le respect que je dois à Son honorable Seigneurie, reprit le soldat, je lui ferai observer que cette flèche, ne sortant pas de son arsenal, doit sortir d'ailleurs, et que je crois en avoir remarqué de semblables dans un carquois que portait ce soir un des novices écuyers.

— Quel novice ?

— Halbert. Le carquois et l'arc que nous avons vus entre les mains de ce jeune garçon appartiennent à l'un des prisonniers de Sa Seigneurie, au nommé Robin Hood.

— Vite, allez chercher Halbert, et amenez-le devant moi, ordonna le baron.

— J'ai vu, ajouta le même soldat, Hal se rendre il y a une heure, en compagnie de la demoiselle Maude, vers la demeure de lady Christabel.

— Allumez une torche et suivez-moi! cria le baron.

Suivi de Lambic et de l'escorte, le baron, qui ne se ressentait plus de sa goutte, marcha rapidement vers l'appartement de sa fille. Arrivé à la porte, il frappa; mais ne recevant pas de réponse, il ouvrit et se précipita à l'intérieur. Obscurité profonde, silence complet. En vain le baron parcourut-il le cabinet et les autres chambres dépendant de l'appartement: partout même silence et même obscurité.

— Partie! elle est partie, s'écria le baron avec angoisse; et, d'une voix déchirante, il appela: Christabel! Christabel!

Mais Christabel ne répondit pas.

— Partie! partie! répétait le baron en se tordant les mains et en se laissant tomber sur le même siège où il l'avait surprise écrivant à Allan Clare. Partie avec lui! ma fille, ma Christabel!

Cependant l'espoir de rejoindre la jeune fille dans sa fuite rendit au pauvre père un peu de sang-froid.

— Alerte! vous autres, cria-t-il d'une voix de tonnerre; alerte! Partagez-vous en deux bandes: l'une fouillera le château de haut en bas, de long en large, partout enfin elle fouillera, partout... l'autre à cheval, et que pas un taillis, pas un fourré, pas un buisson de la forêt de Sherwood n'échappent à vos investigations... Allez...

Les soldats s'ébranlaient pour sortir quand le baron reprit :

— Qu'on dise à Hubert Lindsay, le porte-clefs, de venir ici ; c'est Maude Lindsay, sa damnée fille, qui a comploté la fuite et il va payer pour elle. Dites aussi à vingt de mes cavaliers de seller leurs courtauds et de se tenir prêts à partir au premier ordre. Allez, mais allez donc, misérables !

Les soldats partirent en toute hâte, et Lambic profita de l'événement pour s'éloigner hors de portée des griffes de son irascible maître.

Resté seul, le baron divagua tour à tour, emporté par les frénésies de la colère et par les désolations de son cœur. Il aimait sincèrement sa fille, et la honte qu'il ressentait de sa fuite avec un homme était moins grande encore que sa douleur en pensant que désormais il ne la verrait plus, ne l'embrasserait plus, et même ne la tyranniserait plus.

Ce fut durant ces alternatives de fureur et de désespoir que le vieil Hubert Lindsay parut. Malheureusement pour lui il arrivait avant la fin d'un accès de colère.

— Puisqu'ils ne savent pas faire leur métier de soldat, je les exterminerai tous ! vociférait le baron, et je ne laisserai pas sur terre l'ombre d'un fantôme, d'un seul de ces mécréants, car cette ombre pourrait dire : « J'ai aidé Christabel à tromper son père ! » Oui, oui, je le jure par tous les saints apôtres et par les barbes de mes aïeux, je n'en épargnerai pas un seul! Ah! te voilà, maître Hubert Lindsay, gardien porteclefs du château de Nottingham! Te voilà!

— Votre Seigneurie m'a fait demander, dit le vieillard d'une voix calme.

Le baron ne répondit pas, mais il lui sauta à la gorge comme sauterait une bête féroce, le traîna au milieu de la chambre, et lui dit en le secouant rudement:

— Scélérat! ma fille, où est-elle? Réponds, ou je t'étrangle!

— Votre fille, milord? Mais je n'en sais rien, répondit Hubert plus surpris qu'épouvanté de la colère de son maître.

— Imposteur!

Hubert se dégagea de l'étreinte du baron et répondit froidement:

— Milord, faites-moi l'honneur de m'expliquer le motif de votre étrange question, et j'y répondrai... Mais sachez bien, milord, que je ne suis qu'un pauvre homme, honnête, franc et loyal, qui de sa vie n'a eu à rougir d'aucune faute. Vous me tueriez sur-le-champ qu'il me serait égal de mourir sans confession, car je n'ai rien à me reprocher; vous êtes mon seigneur et maître, interrogez-moi, je répondrai à toutes vos questions, non par crainte, mais par devoir, par respect...

— Qui est sorti du château depuis deux heures ?

— Je l'ignore, milord ; depuis deux heures j'ai remis les clefs à mon second, Michaël Walden.

— Est-ce bien vrai ?

— Aussi vrai que vous êtes mon seigneur et maître.

— Qui est sorti pendant que tu étais encore de garde ?

— Halbert, le jeune écuyer ; il m'a dit : « Milady est malade, et j'ai ordre d'aller chercher un médecin. »

— Ah ! voilà le complot ! s'écria le baron. Il t'a menti : Christabel n'était pas malade, Hal sortait pour préparer sa fuite.

— Quoi ! milady vous a quitté, monseigneur ?

— Oui, l'ingrate a abandonné son vieux père, et ta fille est partie avec elle.

— Maude ? Oh, non, monseigneur, c'est impossible ; je vais la chercher, elle est dans sa chambre.

Le sergent Lambic, qui était bien aise de montrer son zèle, entra précipitamment.

— Milord, s'écria-t-il, vos cavaliers sont prêts. J'ai vainement cherché Halbert par tout le château ; il y était rentré avec moi et Robin, et n'en est pas ressorti par la grande porte, Michaël Walden l'affirme sous serment ;

personne n'a franchi le pont-levis depuis deux heures.

— Qu'importe tout cela! reprit le baron. La mort de Gaspard n'est pas un crime inutile. Lambic! ajouta Fitz-Alwine après un instant de silence.

— Milord.

— Tu es allé la nuit dernière jusqu'à la maison d'un garde nommé Gilbert Head, non loin de Mansfeldwoohaus?

— Oui, milord.

— Eh bien! c'est là que demeure l'infernal Robin Hood, et c'est là sans doute que mon ingrate fille doit retrouver un mécréant qui... Ne parlons plus de cela... Lambic, monte à cheval avec tes hommes, cours à cette maison, empare-toi des fugitifs, et ne reviens ici qu'après avoir brûlé ce repaire de brigands.

— Oui, milord.

Et Lambic disparut.

Hubert Lindsay, rentré depuis quelques minutes, demeurait debout à l'écart, morne, silencieux, les bras croisés et la tête penchée.

— Mon vieux serviteur, lui dit Fitz-Alwine, je ne veux pas que la colère me fasse oublier que depuis de longues années nous vivons près l'un de l'autre; tu m'as toujours été fidèle; tu m'as sauvé deux fois la vie; eh bien! mon vieux frère d'armes, oublie mes colères, mes brutalités, mes injustices peut-être, et, si tu aimes ta fille comme j'aime la mienne, prête-moi encore le secours de ton courage et de ton expérience pour ramener au bercail les brebis égarées... car Maude est sans doute partie avec Christabel.

— Hélas! monseigneur, sa chambre est vide, dit le vieillard en sanglotant.

Cette sincère affliction aurait dû prouver au baron que Hubert n'était pas complice de la fuite des jeunes filles, mais ce singulier gentilhomme, aussi soupçonneux qu'irascible, avait la conviction qu'un inférieur doit toujours tromper un supérieur, un vilain un noble, un prêtre un prélat, un soldat un officier, et ainsi de suite. Il crut donc tendre un piège à Hubert en lui disant:

— N'existe-t-il pas dans les passages souterrains du château une issue qui donne dans la forêt de Sherwood?

Le baron connaissait parfaitement l'existence de cette sortie, mais il ignorait sa position exacte; Hubert et sans doute aussi sa fille étaient mieux renseignés que lui.

— Ah! pensait-il en posant cette question, si mademoiselle Maude a piloté ma fille par-dessous terre, je lui payerai au grand jour ses frais de conduite.

Hubert, franc et loyal, nous l'avons dit, crut devoir aider son maître à retrouver la jeune lady: il était d'ailleurs intéressé autant que le

baron à rattraper les fugitives, aussi s'empressa-
t-il de répondre :

— Oui, milord, les souterrains ont une sortie
sur la forêt, et je connais tous les détours qui y
conduisent.

— Maude est-elle aussi savante que toi ?

— Non, milord, du moins je ne le pense pas.

— Personne autre que toi ne possède donc ce
secret ?

— Il y en a trois autres, milord : Michaël
Walden, Gaspard Steinkoff et Halbert.

— Halbert ! s'écria le baron pris d'un nouvel
accès de rage, Halbert ! Mais c'est lui qui leur a
servi de guide ! Holà ! une torche, des torches,
fouillons le souterrain !

Hubert était récompensé de sa franchise ; le
baron, ne se méfiant plus de lui, lui prodi-
guait des noms d'amitié et des serments de
reconnaissance.

— Courage, maître, disait le vieillard pendant
qu'on préparait les torches et que les hommes
accouraient pour servir d'escorte : courage,
Dieu nous les rendra !

Le désespoir de ces deux vieillards était
navrant. Séparés par leur naissance, par
l'orgueil de la race, par leur genre de vie, ils se
réunissaient pour conjurer un malheur
commun, ils étaient égaux dans la douleur.

Le baron et Hubert, suivis de six hommes
d'armes, traversèrent la chapelle sans s'arrêter

au cadavre de Gaspard, et s'enfoncèrent dans le souterrain. À peine y avaient-ils fait quelques pas qu'un bruit lointain de voix parvint aux oreilles de Fitz-Alwine.

— Ah ! s'écria-t-il, nous les tenons ! Avance, Hubert, avance !

Hubert marchait en tête.

Le bruit entendu par le baron recommença.

— Monseigneur, dit le vieillard, ce que vous entendez ne provient pas du passage conduisant à la forêt.

— N'importe, ce sont eux, avance, avance donc !

Le passage se bifurquait en cet endroit, et ils se dirigèrent du côté du bruit. Le bruit augmenta ; des cris retentirent.

— Bien, bien, ils crient au secours ! Nous voilà, mes enfants, nous voilà !

— Alors ils se sont trompés de chemin, dit Hubert.

— Tant mieux, répliqua le baron, dont la tendresse paternelle faisait déjà place à une soif de vengeance des plus ardentes ; tant mieux !

Hubert, qui marchait quelques pas en avant, s'arrêta pour écouter.

— Milord, dit-il, je vous jure que ces clameurs ne sont pas poussées par les fugitifs ; nous quittons le bon chemin en allant de ce côté et nous perdons du temps.

— Viens avec moi ! s'écria le baron, lançant un regard furieux au porte-clefs, qu'il recommençait à soupçonner d'intelligence avec les fugitifs. Viens, et vous, attendez-nous ici !

— À vos ordres, milord, répondit Hubert.

Les deux vieillards s'avancèrent du côté du bruit : de minute en minute les cris devenaient plus distincts.

— Sur mon âme, murmurait Hubert, mon maître devient fou ! Croit-il donc qu'en fuyant on fasse tant de bruit ? Les gens qui font ce bruit parlent à tue-tête, et, ma foi ! je crois qu'ils viennent au-devant de nous.

À peine achevait-il ces mots que deux soldats apparurent aux yeux étonnés du baron.

— Et d'où venez-vous, mécréants ?

— De poursuivre le prisonnier Robin Hood, répondirent ces malheureux, épuisés de fatigue et saisis de terreur. Nous nous sommes égarés, milord, ajoutèrent-ils ; nous nous croyions perdus à jamais quand la Providence a envoyé Votre honorable Seigneurie à notre secours ; nous vous avons entendus venir de loin, et nous sommes accourus au-devant de vous pour vous épargner du chemin.

Fitz-Alwine ne savait plus à quel diable se vouer dans son désappointement, quand un des soldats entreprit de lui raconter la fuite de Robin Hood.

— Assez, assez, imbéciles! s'écria-t-il. Depuis que vous vous êtes perdus dans ce souterrain, où vous devriez être condamnés à mourir de faim, depuis lors, dites-moi si vous avez entendu quelque bruit suspect dans ces galeries.

— Rien absolument, milord.

— Courons, Hubert, courons, il faut rattraper le temps perdu!

Ce temps perdu avait sauvé les fugitifs. Un quart d'heure après la petite troupe débouchait dans la forêt, et il n'était plus permis de douter que les fugitifs n'eussent suivi cette voie. La porte du souterrain, fermée d'ordinaire, était toute grande ouverte.

— Mes pressentiments ne m'avaient pas trompé! s'écria le baron. Allez, soldats, partez, battez la forêt en tous sens; je promets cent pièces d'or à qui ramènera au château lady Christabel et les infâmes qui l'ont entraînée.

Le baron, accompagné d'Hubert seul, revint sur ses pas et rentra dans son appartement; puis, au lieu de prendre un repos dont il avait grand besoin, il revêtit une cotte de mailles, ceignit sa flamberge, et, brandissant sa lance au pennon bigarré des couleurs de sa maison, monta prestement à cheval, et s'élança en tête de quatre hommes sur la route de Mansfeldwoohaus.

II

Les *dramatis personæ* qui ont déjà figuré dans cette histoire parcourent à l'heure présente la vieille forêt de Sherwood.

Robin et Christabel gagnent l'endroit où sir Allan Clare doit les attendre, et par conséquent marchent en sens contraire du sergent Lambic, qui a reçu l'ordre d'incendier la demeure du père adoptif de Robin.

Suivi de quatre bonnes lances, le baron, rajeuni par une colère persistante, vient de s'élancer à la recherche de sa fille ; nous le laisserons galoper bride abattue dans les verdoyants sentiers de la forêt, et nous nous réunirons à sir Allan Clare, qui, soutenu par Petit-Jean, par frère Tuck, par Will l'Écarlate et par les six autres fils du noble sir Guy de Gamwell, se rend en toute hâte à la vallée de Robin Hood, tandis que Maude et Halbert s'acheminent vers le cottage du vieux forestier.

Maude n'est plus alerte, infatigable, courageuse et gaie. Maude repasse tristement dans sa mémoire les indications que lui a données Robin pour se reconnaître parmi les mille sentiers qui se croisent et s'entrecroisent ; Maude enfin, quoique sous la sauvegarde d'un intrépide garçon, ressemble à une pauvre abandonnée, et soupire, soupire après la fin de cette longue course.

— Sommes-nous encore éloignés de la maison de Gilbert ? demanda-t-elle.

— Non, Maude, répondit joyeusement Hal, encore six milles, je crois.

— Six milles !

— Courage, Maude, courage, dit Halbert, nous travaillons pour lady Christabel... Mais regarde donc là-bas, ne vois-tu pas un cavalier, oui, un cavalier suivi d'un moine et de quelques forestiers ? C'est messire Allan, c'est le frère Tuck. Salut, messieurs, jamais rencontre n'a eu lieu plus à propos.

— Et lady Christabel, et Robin, où sont-ils ? demanda vivement sir Allan en reconnaissant Maude.

— Ils doivent aller vous attendre dans la vallée, répondit Maude.

— Dieu nous protège ! s'écria Allan quand il eut minutieusement fait raconter à Maude toutes les péripéties de leur fuite du château. Brave Robin, je lui dois tout, ma bien-aimée et ma sœur !

— Nous allions prévenir son père des motifs de l'absence de Robin, dit Hal.

— Et ne pourrais-tu pas aller seul maintenant, frère Hal? dit Maude qui brûlait du désir de se rapprocher de Robin. Ma maîtresse doit avoir grand besoin de mes services.

Allan ne vit aucun inconvénient à accepter l'offre de Maude et se remit en marche.

Frère Tuck, silencieux et isolé d'abord, ne tarda pas à se rapprocher de la jeune fille; et il tenta de faire l'aimable, il sourit, parla moins brusquement que d'habitude, il eut presque de l'esprit; mais les avances du pauvre moine ne furent accueillies qu'avec une réserve extrême.

Ce changement dans les manières de Maude, en affligeant Tuck, lui enleva toute sa verve; il se retira donc à l'écart et marcha en regardant pensivement la jeune fille, toujours aussi pensive que lui.

Cependant à quelques pas en arrière de Tuck s'avançait un personnage qui paraissait vivement désirer un regard de Maude; ce personnage réparait les désordres de sa toilette, brossait de l'avant-bras les manches et les basques de sa jaquette, redressait la plume de héron qui ornait sa toque, lissait son épaisse chevelure, bref, se livrait en pleine forêt à ce petit travail de coquetterie que tout amoureux débutant exécute par instinct.

Ce personnage n'était autre que notre ami Will l'Écarlate.

Maude réalisait pour lui l'idéal de la beauté ; il la voyait pour la première fois, et c'était elle que dans ses rêves il avait choisie pour régner sur son cœur. Un front blanc légèrement bombé et souligné par des sourcils délicats et bruns, des yeux noirs dont l'éclat était tempéré par l'écran de cils longs et soyeux, des joues rosées et veloutées, un nez comme en modelaient les statuaires de l'antiquité, une bouche entrouverte pour laisser parler ou respirer l'amour, des lèvres aux commissures desquelles nichaient de fins et doux sourires, un menton dont la fossette promettait le plaisir comme le hile de la graine promet la fleur, un cou et des épaules réunis par une vraie ligne serpentine, une taille svelte, des mouvements souples et des pieds mignons pour lesquels les sentiers de la forêt auraient dû se couvrir de fleurs : telle était Maude, la jolie fille d'Hubert Lindsay.

William n'était pas assez timide pour se contenter d'admirer en silence ; le désir, le besoin de sentir les yeux de la jeune fille se lever sur lui l'amenèrent rapidement près d'elle.

— Vous connaissez Robin Hood, mademoiselle ? demanda Will.

— Oui, monsieur, répondit gracieusement Maude.

Sans le savoir, Will touchait la corde sensible et gagnait l'attention de Maude.

— Et vous plaît-il beaucoup ?

Maude ne répondit pas, mais ses joues devinrent pourpres. Il fallait que Will fût un vrai débutant pour interroger ainsi à brûle-pourpoint le cœur d'une femme ; il agissait comme l'aveugle qui marcherait sans trembler le long d'un précipice ; que de gens ainsi dont la bravoure n'est qu'un effet de leur ignorance !

— J'aime tant Robin Hood, reprit-il, que je vous garderais rancune, mademoiselle, s'il ne vous plaisait pas.

— Rassurez-vous, messire ; je déclare que c'est un charmant garçon. Vous le connaissez depuis longtemps sans doute ?

— Nous sommes amis d'enfance, et je préférerais perdre ma main droite plutôt que son amitié : voilà pour le cœur. Quant à l'estime, je considère que dans tout le comté il n'y a pas d'archer qui le vaille ; son caractère est aussi droit que ses flèches ; il est brave, il est doux, et sa modestie égale sa douceur et sa bravoure ; avec lui je ne craindrais pas l'univers entier.

— Quelle ardeur dans l'expression de vos pensées, messire ! Vos louanges s'en ressentent.

— Aussi vrai que je me nomme William de Gamwell, et que je suis un honnête garçon, je dis la vérité, mademoiselle, rien que la vérité.

— Maude, demanda Allan, craignez-vous que le baron se soit déjà aperçu de la fuite de lady Christabel ?

— Oui, messire chevalier ; car Sa Seigneurie devait partir ce matin même pour Londres avec milady.

— Silence ! silence ! vint dire Petit-Jean qui marchait en éclaireur ; cachez-vous dans l'endroit le plus épais de ce fourré ; j'entends le bruit d'une cavalcade ; si les nouveaux venus nous découvrent, nous sauterons sur eux à l'improviste, et notre cri de ralliement sera le nom de Robin Hood... Vite, cachez-vous, ajouta Petit-Jean en se jetant lui-même derrière un tronc d'arbre.

Aussitôt apparut un cavalier emporté par un cheval qui franchissait tous les obstacles, fossés, arbres renversés, buissons et haies, avec une vitesse fantastique ; ce cavalier, que suivaient à grand-peine quatre hommes également à cheval, était accroupi plutôt qu'assis sur la fougueuse bête : il avait perdu son chapeau, et ses longs cheveux épars, secoués par le vent, donnaient à sa figure où respirait l'effroi un aspect étrange et diabolique ; il rasa de près le fourré où s'était blottie la petite troupe, et Petit-Jean aperçut une flèche plantée dans le jalon d'un arpenteur sur la croupe du cheval.

Le cavalier disparut bientôt dans les profondeurs de la forêt, toujours suivi de ses quatre hommes.

— Que le ciel nous protège! s'écria Maude. C'est le baron!

— C'est le baron! répétèrent Allan et Halbert.

— Et si je ne me trompe, ajouta Will, la flèche qui sert de gouvernail à sa bête sort du carquois de Robin; qu'en dis-tu, cousin Petit-Jean?

— Je suis de ton avis, Will, et j'en tire la conséquence que Robin et la jeune dame sont en danger. Robin est trop prudent pour prodiguer des flèches sans y être contraint; hâtons le pas.

Un mot pour expliquer la désagréable situation du noble Fitz-Alwine, très bon cavalier du reste, ne sera pas inutile.

Le baron, en s'engageant dans la forêt, avait donné l'ordre à son meilleur coureur d'inventorier la grande route de Nottingham à Mansfeldwoohaus, et de revenir lui faire son rapport à tel carrefour désigné; on sait ce qu'il advint du coureur: Robin le démonta; le hasard voulut que Robin et lady Christabel entrassent par un côté dans le même carrefour désigné pour le rendez-vous, tandis que le baron y entrait par un autre. Les deux fugitifs eurent la chance de se jeter dans un taillis sans être vus, et le baron avec ses quatre écuyers se porta au milieu du carrefour, sur une éminence, en attendant le retour de son éclaireur.

— Fouillez un peu les alentours, commanda le baron ; deux ici et deux là.

— Nous sommes perdus, pensa Robin. Que faire ? Comment fuir ? Si nous prenons en dehors du bois, les chevaux nous rattraperont en deux temps ; si nous essayons une trouée à l'intérieur, le bruit attirera l'attention des limiers, que faire ?

Tout en réfléchissant ainsi, Robin bandait son arc et choisissait dans son carquois la flèche au fer le plus pointu. Christabel, quoique anéantie par la frayeur, s'aperçut de ces préparatifs et, la piété filiale l'emportant sur son désir de rejoindre Allan, elle supplia le jeune homme d'épargner son père.

Robin sourit et fit de la tête un signe affirmatif.

Le signe voulait dire : Je l'épargnerai ; le sourire : Souvenez-vous du cavalier démonté.

Les soldats battaient avec soin la lisière du carrefour, mais la prime de cent écus d'or qui stimulait leur zèle n'avait pas la vertu de leur donner du nez. Néanmoins la position de Robin et de Christabel devenait de plus en plus critique, car ces chiens quêteurs, partis deux par deux d'un point opposé pour faire le tour de la clairière, ne pouvaient se réunir sans les rencontrer.

Pendant ce temps-là le vieux Fitz-Alwine, posté comme une vedette sur les hauteurs qui dominent un camp ennemi, se livrait à une répétition générale du terrible sermon qu'il comptait adresser à sa fille dès qu'elle serait rentrée dans le domicile paternel. Il combinait aussi les raffinements divers des châtiments à infliger à Robin, à Maude et à Hal, et calculait à quelques pouces près la hauteur de la potence d'Allan : il rêvait, l'excellent seigneur, aux convulsions de celui qui avait osé enlever Christabel ; il laissait pourrir son cadavre au gibet pendant le mois de la lune de miel, et souriait déjà à l'idée d'être grand-papa l'an prochain par le fait de sir Tristan de Goldsborough.

Mais tout à coup, au milieu de ces rêves enchanteurs, le cheval du baron se cabra, se déhancha, tordit le râble, poussa des ruades et secoua frénétiquement le vieux guerrier, qui tint bon et chercha à le maîtriser sur place, comme il maîtrisait jadis les indomptables coursiers arabes. Vaines tentatives ! l'homme et la bête ne s'entendaient pas ; Fitz-Alwine demeura en selle aussi ferme que sur la croupe du cheval demeura la flèche qui venait de s'y implanter, et le cheval et les illusions du baron prirent le mors aux dents et commencèrent de par la forêt cette course désordonnée, folle, fantastique, qui les conduisit près d'Allan Clare et les entraîna on ne sait où. Les quatre écuyers s'élancèrent au secours de leur maître, et l'habile archer, saisissant la main de sa compagne, traversa le carrefour.

Que devint le baron ? Vraiment nous n'oserions raconter l'événement qui mit fin à cette course au clocher, tant il est extraordinaire et merveilleux ; mais les chroniques de l'époque en garantissent l'authenticité.

Voilà : Les écuyers perdirent bientôt le baron de vue, et peut-être eût-il été emporté à travers l'Angleterre jusqu'au nord de l'océan, si la bête, en passant sous un chêne au pied duquel gisait le fragment d'un tronc d'arbre, n'eût trébuché.

Notre baron, qui n'avait pas perdu l'esprit, voulut éviter une chute dont la violence pouvait être mortelle, et, laissant la bride, se saisit à deux mains d'une des branches du chêne fort heureusement à sa portée ; il espérait pouvoir en même temps retenir son cheval en l'enserrant entre ses genoux ; mais la courbette forcée de la bête fut si profonde que Fitz-Alwine dut abandonner la selle et demeura suspendu par les mains à la branche du chêne, tandis que le cheval se redressait allégé et entreprenait une nouvelle campagne.

Peu habitué à la gymnastique, le baron mesurait prudemment la distance qui le séparait du sol avant de se laisser choir, lorsque tout à coup il vit flamboyer dans la demi-obscurité du matin, et droit sur ses pieds, quelque chose d'incandescent comme deux morceaux de charbons ardents. Ces deux points ignés appartenaient à une masse noire qui s'agitait, tournoyait et se rapprochait par instants et par bonds des jambes du malheureux lord.

— Holà, c'est un loup, pensa le baron qui ne put retenir un cri d'effroi et s'efforça de monter à califourchon sur la branche ; mais il ne put y parvenir, et une sueur glacée, la sueur de l'épouvante, l'inonda quand il sentit glisser sur le cuir de sa botte et craquer sur le métal de ses éperons les dents du loup qui bondissait, allongeant le col, tirait la langue, et aspirait sa proie à mesure que lui se roidissait les bras, s'accrochait du menton à la branche et repliait les jambes jusque sur sa poitrine.

La lutte n'était pas égale : le fil qui retenait en l'air cette friandise de bête féroce allait se casser, le vieux lord n'avait plus de force ; aussi, donnant un dernier souvenir à Christabel et recommandant son âme à Dieu, dut-il fermer les yeux et ouvrir les mains... et il tomba.

Mais, ô miracle de la Providence, il tomba comme un pavé sur la tête du loup, qui ne s'attendait pas à un si lourd morceau, et, en tombant, le poids de son corps, qui se présentait par l'endroit où il a le plus d'ampleur, luxa les vertèbres cervicales du loup et lui rompit la moelle épinière.

De sorte que si les quatre écuyers étaient arrivés sur le lieu du sinistre, ils eussent trouvé leur maître évanoui, couché côte à côte avec un loup trépassé; mais d'autres personnages que les écuyers devaient réveiller le noble seigneur de Nottingham.

Au pied de ce vieux chêne, dont les branches s'inclinaient vers le ruisseau qui traverse la vallée de Robin Hood, était assise lady Christabel; debout, à quelques pas, Robin s'accoudait sur son arc, et tous deux attendaient non sans impatience l'arrivée de sir Allan Clare et de ses compagnons.

Après avoir épuisé les sujets de causerie sur leur situation présente, ils parlèrent de Marianne, et les tendres éloges que prodigua Christabel au doux et charmant caractère de la sœur d'Allan furent écoutés par Robin avec l'ardente attention de l'amour.

Le jeune homme aurait bien voulu adresser une question à Christabel, lui demander si, comme Allan Clare, Marianne n'avait pas déjà donné son cœur à quelque beau cavalier de la noblesse, mais il n'osait pas. «Si cela est, pensait-il, je suis perdu; quelle chance aurais-je en luttant contre un tel rival, moi pauvre enfant de la forêt?»

— Milady, dit-il soudain en rougissant, et d'une voix émue, tremblante, je plains sincèrement miss Marianne si elle a quitté quelque tendre ami pour accompagner son frère dans un voyage rempli, sinon de dangers réels, du moins de difficultés et de fatigue.

— Marianne, répondit Christabel, a le malheur ou peut-être le bonheur de n'avoir d'autre tendre ami que son frère.

— J'ai peine à le croire, milady; une personne aussi belle, aussi séduisante que miss Marianne doit posséder ce que vous possédez, quelqu'un qui lui soit dévoué, comme à vous messire Allan.

— Quelque étrange que cela puisse vous paraître, messire, dit la jeune fille en rougissant, j'affirme que Marianne ne sait pas s'il existe un amour autre que l'amour fraternel.

Cette réponse, faite d'un ton assez froid, obligea Robin à changer de conversation.

Le soleil dorait déjà la cime des grands arbres, et Allan ne paraissait pas. Robin dissimulait son inquiétude pour ne pas alarmer la jeune fille, mais il se livrait à de sombres hypothèses sur les causes de ce retard.

Tout à coup une voix sonore retentit dans le lointain, Robin et Christabel tressaillirent.

— Est-ce un appel de nos amis ? demanda la jeune fille.

— Hélas! non. Will, mon ami d'enfance, et Petit-Jean son cousin, qui accompagnent messire Allan, connaissent parfaitement l'endroit où nous les attendons, et ce que nous avons entrepris exige tant de prudence pour réussir qu'ils ne s'amuseraient pas à jouer avec les échos de la forêt.

La voix se rapprocha, et un cavalier aux couleurs de Fitz-Alwine traversa rapidement la vallée.

— Éloignons-nous, milady, nous sommes ici trop près du château. Je plante cette flèche à terre au pied de ce chêne, et si mes amis arrivent pendant notre absence, ils comprendront en la voyant que nous nous sommes cachés dans les environs.

— Faites, messire ; je m'abandonne entièrement à votre bonne garde.

Les deux jeunes gens venaient de franchir quelques halliers et cherchaient une place convenable pour s'y reposer, quand ils aperçurent le corps d'un homme étendu immobile et comme mort près d'un tronc d'arbre.

— Miséricorde ! s'écria Christabel, mon père, mon pauvre père mort !

Robin frissonna en se croyant coupable de la mort du baron. La blessure du cheval n'en était-elle pas la cause première ?

— Sainte Vierge ! murmura Robin, accordez-nous la grâce qu'il ne soit qu'évanoui !

Et en disant ces mots, le jeune archer se précipita à genoux près du vieillard, tandis que Christabel, toute à sa douleur et au repentir, poussait des gémissements. Une légère blessure au front du baron laissait filtrer quelques gouttes de sang.

— Tiens, est-ce qu'il se serait battu avec un loup? Ah! il a étranglé le loup! s'écria joyeusement Robin, et il n'est qu'évanoui. Milady! milady, croyez-moi, monsieur le baron n'a qu'une égratignure; milady, relevez-vous. Malheur! malheur! reprit Robin, elle aussi est évanouie! Ah! mon Dieu! mon Dieu! que devenir? Je ne puis la laisser là... et le vieux lion qui se réveille, qui agite les bras, qui grogne déjà! Ah! c'est à en devenir fou! Milady, répondez-moi donc. Non, elle est aussi insensible que ce tronc d'arbre. Ah! que n'ai-je dans les bras et dans les reins la force que je me sens dans le cœur. Je l'emporterais d'ici comme une nourrice emporte son enfant.

Et Robin essaya d'emporter Christabel.

Cependant, en revenant à lui, le baron n'eut pas de pensée pour sa fille, mais pour le loup, ce seul et dernier être vivant qu'il eût aperçu avant de fermer les yeux; il allongea donc le bras pour saisir l'animal, qu'il se figurait occupé à lui dévorer une jambe ou une cuisse, quoiqu'il ne ressentît aucune douleur des morsures, et il se cramponna à la robe de sa fille en jurant de défendre sa vie jusqu'au dernier soupir.

— Vil monstre! disait le baron au loup étendu à quelques pas de lui, monstre affamé de ma chair, altéré de mon sang, il y a encore de la vigueur dans mes vieux membres, tu vas verras... Ah! il tire la langue, je l'étrangle... ici tous les loups de Sherwood, ici venez!... ah! ah! un autre, un autre encore! Mais je suis perdu! Mon Dieu! prenez pitié de moi! *Pater noster qui es in...*

— Mais il est fou, complètement fou! se disait Robin, anxieusement placé entre un devoir à remplir et sa sûreté personnelle à garantir; s'il fuyait, il abandonnait celle qu'il avait juré de conduire près d'Allan; s'il restait, les hurlements du fou pouvaient attirer les hommes qui battaient le bois.

Fort heureusement l'accès du baron se calma, et, les yeux toujours fermés, il comprit que nulle dent de bête féroce ne déchiquetait ses membres, et il voulut se relever: mais Robin, agenouillé derrière sa tête, pesa fortement sur ses épaules, et remplit pour ainsi dire le rôle d'une lassitude extrême en le maintenant solidement étendu par terre.

— Par saint Benoît! murmurait le lord, je sens sur mes épaules un poids de cent mille livres... Ô mon Dieu et mon saint patron! je jure de faire bâtir une chapelle à l'orient du rempart si vous me conservez la vie et me donnez la force de rentrer au château! *Libera nos, quæsumus, Domine!*

En achevant cette prière, il tenta un nouvel effort; mais Robin, qui espérait voir Christabel reprendre ses sens, pesait toujours ferme.

— *Domine exaudi orationem meam*, continua Fitz-Alwine en se frappant la poitrine; puis il se mit à pousser des cris perçants.

Mais ces cris ne convenaient pas à Robin, ils étaient trop dangereux pour la sûreté des fugitifs, et le jeune homme, ne sachant comment les interrompre, dit brutalement:

— Taisez-vous!

Au son de cette voix humaine, le baron ouvrit les yeux, et quelle ne fut pas sa surprise en reconnaissant, penchée sur sa figure, la figure de Robin Hood, et, à côté de lui, étendue sur le sol, sa fille évanouie!

Cette apparition balaya la folie, la fièvre et l'anéantissement de l'irascible lord, et, comme s'il eût été maître de la situation dans son château et entouré de ses soldats, il s'écria presque triomphant:

— Enfin je te tiens donc, jeune bouledogue!

— Taisez-vous! répliqua énergiquement et impérieusement Robin, taisez-vous! Plus de menaces, plus de criailleries, elles sont hors de propos, et c'est moi qui vous tiens!

Et Robin continua à peser de toutes ses forces sur les épaules du baron.

— En vérité, dit Fitz-Alwine qui n'eut pas de peine à se dégager des étreintes de l'adolescent, et se redressa de toute sa hauteur ; en vérité, tu montres les dents, jeune chien !

Christabel était toujours évanouie, et en ce moment elle ressemblait à un cadavre tombé entre ces deux hommes, car Robin s'était rejeté promptement de quelques pas en arrière et posait une flèche sur son arc.

— Un pas de plus, milord, et vous êtes mort ! dit le jeune homme en visant le baron à la tête.

— Ah ! ah ! s'écria Fitz-Alwine devenu livide et reculant lentement pour se placer derrière un arbre, serais-tu assez lâche pour assassiner un homme sans défense ?

Robin sourit.

— Milord, dit-il en visant toujours à la tête, continuez votre mouvement de retraite ; bien, vous voilà abrité par cet arbre. Maintenant, attention à ce que je vais vous commander, non, vous prier de faire ; attention ! ne montrez ni votre nez, ni même un seul cheveu de votre tête en dehors de cet arbre, soit à gauche, soit à droite, sinon... la mort !

Sans tenir tout à fait compte de ces menaces, le baron, bien caché par l'arbre, avança en dehors le doigt indicateur et menaça le jeune archer ; mais il s'en repentit cruellement, car ce doigt fut aussitôt emporté par une flèche.

— Assassin ! misérable coquin ! vampire ! vassal ! hurla le blessé.

— Silence, baron, ou je vise la tête, entendez-vous ?

Fitz-Alwine, collé contre l'arbre, vomissait à mi-voix des torrents de malédictions, mais se cachait avec sollicitude, car il s'imaginait Robin au gîte, à quelques pas de là, l'arc tendu et la flèche à l'œil, épiant le moindre de ses gestes hasardé en dehors de la perpendiculaire du tronc d'arbre.

Mais Robin remettait son arc en bandoulière, chargea doucement Christabel sur ses épaules, et disparaissait à travers les halliers.

Au même instant, le bruit d'une cavalcade se fit entendre, et quatre cavaliers apparurent en face de l'arbre qui servait d'écran au malheureux baron.

— À moi, coquins ! s'écria celui-ci, car ces quatre hommes n'étaient autres que ceux de son escouade distancés depuis longtemps par le courtaud galopant flèche en croupe. À moi ! Tombez sur le mécréant qui veut m'assassiner et emporter ma fille.

Les soldats ne comprirent rien à un tel ordre, car ils ne voyaient aux alentours ni bandit ni femme enlevée.

— Là-bas, là-bas, le voyez-vous qui fuit ? reprit le baron en se réfugiant entre les jambes des chevaux; tenez, il tourne au bout du massif.

En effet, Robin n'avait pas encore assez de vigueur pour transporter rapidement au loin un fardeau tel que le corps d'une femme, et quelques centaines de pas à peine le séparaient de ses ennemis.

Les cavaliers s'élancèrent donc vers lui; mais les cris du baron frappèrent en même temps l'oreille de Robin, et il comprit aussitôt que son salut n'était plus dans la fuite.

Faisant alors volte-face, il mit un genou en terre, coucha Christabel en travers sur son autre jambe, et s'écria, les deux mains à l'arc et visant de nouveau Fitz-Alwine:

— Arrêtez! De par le ciel, si vous faites un pas de plus vers moi, votre seigneur est mort!

Robin n'avait pas achevé ces paroles que déjà le baron était caché derrière l'arbre qui lui servait d'écran, mais continuant à crier:

— Saisissez-le! tuez-le! il m'a blessé!... Vous hésitez? Oh! les lâches! les mercenaires!...

La fière contenance de l'intrépide archer intimidait les soldats.

L'un d'eux cependant osa rire de cet effroi.

— Il chante bien, le jeune coq, dit-il, mais, c'est égal, vous allez voir comme il est doux et soumis!

Et le soldat descendit de cheval et s'avança vers Robin.

Robin, outre la flèche placée sur son arc, en tenait une seconde entre ses dents, et, d'une voix étouffée mais impérieuse, il dit :

— Je vous ai déjà prié de ne pas m'approcher, maintenant je vous l'ordonne... Malheur à vous si vous ne me laissez continuer en paix mon chemin.

Le soldat se prit à rire d'un air moqueur, et avança encore.

— Une fois, deux fois, trois fois, arrêtez-vous !

Le soldat riait toujours et ne s'arrêtait pas.

— Meurs donc ! cria Robin.

Et l'homme tomba, la poitrine transpercée d'une flèche.

Le baron seul portait une cotte de mailles ; ses hommes d'armes s'étaient équipés comme pour une chasse.

— Chiens, tombez sur lui ! vociférait toujours Fitz-Alwine. Ô les lâches ! les lâches ! Une égratignure leur fait peur.

— Sa Seigneurie appelle cela une égratignure, murmura l'un des trois cavaliers, peu soucieux d'exécuter la même manœuvre que son défunt camarade.

— Mais, s'écria un autre soldat en s'élevant sur ses étriers pour mieux voir de loin, voilà du secours qui nous arrive. Parbleu ! c'est Lambic, monseigneur.

En effet, Lambic et son escorte arrivaient à fond de train.

Le sergent était si joyeux et en même temps si pressé d'apprendre au baron le succès de son expédition qu'il n'aperçut pas Robin et cria d'une voix retentissante :

— Nous n'avons pas rencontré les fugitifs, monseigneur, mais en revanche la maison est brûlée.

— Bien, bien, répondit impatiemment Fitz-Alwine ; mais regarde cet ourson que ces lâches n'osent museler.

— Oh ! oh ! reprit Lambic reconnaissant le démon à la torche et riant avec mépris ; oh ! oh ! jeune poulain sauvage, je vais donc enfin te passer une bride ! Sais-tu, mon bel indomptable, que j'arrive de ton écurie ? Je croyais t'y trouver, et franchement, ça m'a contrarié : tu aurais pu voir un magnifique feu de joie et danser, en compagnie de bonne maman, une gigue au milieu des flammes. Mais console-toi ; comme tu n'étais pas là, j'ai voulu épargner à la pauvre vieille des souffrances inutiles, et je lui ai préalablement envoyé une flèche dans...

Lambic n'acheva pas : un cri rauque s'exhala de ses lèvres, et lâchant la bride du cheval, il tomba... une flèche venait de lui traverser la gorge.

Une indicible terreur cloua sur place les témoins de cette vengeance. Robin en profita, malgré le saisissement que lui causaient les dernières paroles de Lambic, et, chargeant Christabel sur son épaule, il disparut dans le hallier.

— Courez, courez, répétait le baron au paroxysme de la rage ; courez, coquins ; si vous ne le saisissez pas, vous serez tous pendus, oui, pendus !

Les soldats se jetèrent à bas de leurs chevaux et s'élancèrent sur les traces du jeune homme. Robin, pliant sous le faix, perdait à chaque minute de son avance sur eux ; plus il faisait d'efforts pour s'éloigner, plus il sentait que ces efforts devenaient inutiles, et pour comble de malheur, la jeune fille, qui commençait à reprendre ses sens, s'agitait convulsivement et poussait des cris aigus. Ces mouvements désordonnés entravaient la vitesse de la course de Robin, et, s'il parvenait à se cacher derrière quelque épais buisson, les cris de Christabel ne manqueraient pas d'attirer les limiers.

— Allons ! pensa-t-il, s'il faut mourir, mourons en nous défendant.

Et de l'œil Robin chercha un endroit propice pour y déposer Christabel, quitte à revenir seul ensuite faire tête aux gens du baron.

Un orme entouré de buissons et de jeunes pousses d'arbres lui parut convenable pour servir de retraite à la fiancée d'Allan, et, sans révéler à Christabel quels dangers les menaçaient, il la déposa au pied de cet arbre, s'étendit auprès d'elle, la conjura de rester immobile et silencieuse, et attendit, contemplant par la pensée un spectacle horrible : l'incendie du cottage où il avait vécu, puis Gilbert et Marguerite expirant au milieu des flammes.

III

Cependant les soldats s'approchaient toujours, mais avec prudence, et à chaque pas ils s'arrêtaient, abrités par des massifs de feuillage, pour écouter les conseils du baron qui ne voulait pas qu'ils se servissent de l'arc de peur de blesser sa fille.

Cet ordre ne plaisait guère aux soldats, car ils comprenaient que Robin ne les laisserait pas s'approcher de lui assez près pour qu'ils pussent employer la lance sans en tuer quelques-uns.

— S'ils ont l'esprit de m'entourer, pensa Robin, je suis perdu.

Une éclaircie dans le feuillage lui permit bientôt d'apercevoir Fitz-Alwine, et le désir de la vengeance le mordit au cœur.

— Robin, murmura alors la jeune fille, je me sens forte. Qu'est devenu mon père ? Vous ne lui avez fait aucun mal, n'est-ce pas ?

— Aucun mal, milady, répondit Robin en tressaillant, mais...

Et du doigt il fit vibrer la corde de l'arc.

— Mais quoi ? s'écria Christabel épouvantée par ce geste sinistre.

— C'est qu'il m'a fait du mal, lui ! Ah ! milady, si vous saviez...

— Où est mon père, messire ?

— À quelques pas d'ici, répondit froidement Robin, et Sa Seigneurie n'ignore pas que nous ne sommes qu'à quelques pas d'elle ; mais ses soldats n'osent m'attaquer, ils redoutent mes flèches. Écoutez-moi bien, milady, reprit Robin après une minute de réflexion, nous tomberons inévitablement entre leurs mains si nous restons ici : nous n'avons qu'une seule chance de salut, la fuite, la fuite sans être vus, et, pour y réussir, il nous faut beaucoup de courage, beaucoup de sang-froid, et surtout beaucoup de confiance en la protection divine. Écoutez-moi bien : si vous tremblez ainsi, vous ne comprendrez pas toutes mes paroles ; c'est à vous d'agir maintenant ; enveloppez-vous dans votre manteau, dont la couleur sombre n'attire pas le regard, et glissez-vous sous la feuillée, presque terre à terre, en rampant s'il le faut.

— Mais les forces encore plus que le courage me manquent, dit en pleurant la pauvre Christabel ; ils m'auront tuée avant que je n'aie fait vingt pas. Sauvez-vous, messire, et ne vous préoccupez plus de moi ; vous avez fait tout ce qu'il était possible de faire pour me réunir à mon bien-aimé, Dieu ne l'a pas permis, que sa sainte volonté soit faite, et que sa sainte bénédiction vous accompagne ! Adieu, messire... partez ; vous direz à mon très cher Allan que mon père n'exercera pas longtemps son pouvoir sur moi... mon corps est brisé comme mon cœur ; je mourrai bientôt. Adieu.

— Non, milady, répliqua le courageux enfant, non, je ne fuirai pas. J'ai fait une promesse à messire Allan, et pour remplir cette promesse j'irai toujours en avant, à moins que la mort ne m'arrête... Reprenez courage. Allan est peut-être déjà rendu dans la vallée ; peut-être aussi, en voyant ma flèche, se mettra-t-il à notre recherche... Dieu ne nous a pas encore abandonnés.

— Allan, Allan, cher Allan ! Pourquoi ne venez-vous pas ? s'écria Christabel éperdue.

Soudain, comme pour répondre à cet appel du désespoir, retentit dans l'espace le hurlement prolongé d'un loup.

Christabel, agenouillée, tendit les bras au ciel d'où vient tout secours ; mais Robin, les joues colorées d'une vive rougeur, voûta ses deux mains autour de sa bouche, et répéta le même hurlement.

— On vient à notre aide, dit-il ensuite joyeusement, on vient, milady ; ce hurlement, c'est un signal convenu entre forestiers ; j'y ai répondu, et nos amis vont paraître. Vous voyez bien que Dieu ne nous abandonne pas. Je vais leur dire de se hâter.

Et, avec une seule main placée en entonnoir devant ses lèvres, Robin imita le cri d'un héron poursuivi par un vautour.

— Cela signifie, milady, que nous sommes en détresse.

Un cri semblable de héron effrayé se fit entendre à une faible distance.

— C'est Will, c'est l'ami Will! s'écria Robin. Courage, milady! Glissez-vous sous la feuillée, vous y serez à l'abri; une flèche égarée est à craindre.

Le cœur de la jeune fille battait à se rompre; mais, soutenue par l'espérance de voir bientôt Allan, elle obéit et disparut, souple comme une couleuvre dans l'épaisseur du fourré.

Pour faire diversion, Robin poussa un grand cri, sortit de sa cachette, et alla d'un seul bond se placer derrière un autre arbre.

Une flèche vint aussitôt s'implanter dans l'écorce de cet arbre; notre héros, prompt à la riposte, salua son arrivée par un éclat de rire moqueur, et, échangeant flèche contre flèche, jeta bas le malheureux soldat.

— En avant, imbéciles! lâches! en avant! vociférait Fitz-Alwine, sinon il vous tuera tous ainsi les uns après les autres.

Le baron poussait ses gens au combat, tout en se faisant un gabion de chaque arbre, lorsqu'une grêle de flèches annonça l'entrée en lice de Petit-Jean, des sept frères Gamwell, d'Allan Clare et de frère Tuck.

À l'aspect de cette vaillante troupe, les gens de Nottingham jetèrent bas les armes et demandèrent quartier. Le baron seul ne capitula pas, et se jeta dans les broussailles en rugissant.

Robin, en apercevant ses amis, s'était élancé sur les traces de Christabel ; mais Christabel, au lieu de s'arrêter à une petite distance, avait continué sa course, soit par terreur, soit par oubli des conseils de Robin, soit par fatalité.

Robin retrouva facilement les traces de la jeune fille, mais il l'appela vainement, l'écho seul répondait à sa voix. Le jeune archer s'accusait déjà d'imprévoyance, quand tout à coup un cri de douleur frappa son oreille. Il bondit dans la direction d'où partait ce cri, et aperçut un cavalier du baron qui saisissait Christabel par la taille et l'enlevait sur son cheval.

Encore, encore une de ses flèches vengeresses partit ; le cheval, blessé en plein poitrail, se cabra, et le soldat et Christabel roulèrent dans le sentier.

Le soldat abandonna Christabel et chercha, rapière en main, sur qui venger la mort de sa bête ; mais il n'eut point le loisir de reconnaître son adversaire, car il tomba lui-même sans mouvement près de la victime, et Robin arracha Christabel d'auprès de ce nouveau cadavre, de peur que le sang qui s'écoulait d'une blessure à la tête ne souillât la jeune fille.

Lorsque Christabel ouvrit les yeux et qu'elle entrevit la noble physionomie du jeune archer penché vers elle, elle rougit et lui tendit la main en lui disant ce seul mot :

— Merci !

Mais ce seul mot fut dit avec un tel sentiment de gratitude, avec une si profonde émotion, que Robin, rougissant à son tour, baisa cette main qu'on lui offrait.

— Pourquoi vous êtes-vous si rapidement éloignée, milady, et comment avez-vous été surprise par ce mercenaire ? Les autres ont mis bas les armes et demandent quartier à messire Allan.

— Allan !... Cet homme m'a reconnue, s'est saisi de moi en s'écriant : « Cent écus d'or ! hourra ! cent écus d'or ! » Mais vous dites qu'Allan...

— Je dis que messire Allan Clare vous attend.

La jeune fille eut des ailes à ses pieds, déjà si fatigués, mais elle s'arrêta stupéfaite, interdite devant le cortège qui entourait le chevalier.

Robin prit la main de Christabel et lui fit faire quelques pas vers le groupe ; mais à peine Allan l'eut-il aperçue que sans tenir compte des hommes présents, mais aussi sans pouvoir articuler une seule parole, il s'élança vers elle, l'étreignit sur sa poitrine, et couvrit son front des plus tendres baisers. Christabel, palpitante, ivre de joie, morte de bonheur à force d'être heureuse, n'était plus entre les bras d'Allan qu'une forme humaine ; toute la force vitale était dans le regard, dans les lèvres frémissantes, dans les folles palpitations du cœur.

Enfin les larmes, les sanglots, sanglots de bonheur, larmes d'allégresse, se firent jour ; ils reprirent conscience de leur être, et ils purent se le dire par de longs regards où le fluide d'amour remplaçait le fluide lumineux.

L'émotion des spectateurs de cette réunion ou plutôt de cette fusion de deux âmes était grande. Maude, comme si elle en ressentait l'envie, s'approcha de Robin, lui prit les deux mains et voulut lui sourire ; mais ce sourire égrenait une à une de grosses larmes sur ses joues veloutées et ces larmes roulaient sans se briser comme roulent les gouttes d'eau sur les feuilles.

— Et ma mère, et Gilbert ? demanda le jeune homme en pressant les mains de Maude dans les siennes.

Maude apprit en tremblant à Robin qu'elle ne s'était pas rendue au cottage et qu'Halbert y était allé seul.

— Petit-Jean, dit Robin, tu as vu mon père ce matin ; ne lui était-il rien arrivé de malheureux ?

— Rien de malheureux, cher ami, mais des choses étranges qu'on te racontera ; j'ai laissé ton père tranquille et bien portant ce matin, c'est-à-dire à deux heures après minuit.

— Pourquoi t'inquiéter ainsi, Robin ? demanda Will qui se rapprochait du jeune archer pour être dans le voisinage de Maude.

— J'ai des motifs sérieux de m'inquiéter : un sergent du baron Fitz-Alwine m'a dit avoir incendié ce matin la maison de mon père et jeté ma mère dans les flammes.

— Et que lui as-tu répondu ? s'écria Petit-Jean.

— Je ne lui ai pas répondu, je l'ai tué... A-t-il dit la vérité, a-t-il menti ? Je veux y aller voir, je veux voir mon père et ma mère, ajouta Robin la voix pleine de larmes ; sœur Maude, partons...

— Miss Maude est ta sœur ? s'écria Will. Vraiment je ne te savais pas si heureux il y a huit jours.

— Il y a huit jours je n'avais pas encore de sœur, cher Will... Aujourd'hui j'ai le bonheur d'être frère, répliqua Robin en essayant de sourire.

— Je n'aurais qu'un souhait à faire pour mes sœurs, ajouta galamment Will, ce serait qu'elles ressemblassent en tout à mademoiselle.

Robin regarda Maude d'un œil curieux.

La jeune fille pleurait.

— Où est ton frère Halbert ? demanda Robin.

— Je vous l'ai déjà dit, Robin, Hal se dirigeait vers le cottage de Gilbert.

— Sur mon âme, je crois l'apercevoir ! s'écria vivement le moine Tuck, regardez...

En effet, Hal arrivait à franc étrier, monté sur le plus beau cheval des écuries du baron.

— Voyez, mes amis, s'écria orgueilleusement le jeune garçon, quoique séparé de vous, je me suis bien battu ; j'ai gagné la meilleure bête de tout le comté. Ah ! vous croyez cela que je me suis battu ! Eh bien ! non, j'ai trouvé le cheval sans cavalier et broutant l'herbe de la forêt.

Robin sourit en reconnaissant la monture du baron, cette monture qui lui avait servi de cible.

On tint conseil.

À cette époque où les grands possesseurs de fiefs agissaient en souverains sur leurs vassaux, guerroyaient avec leurs voisins et se livraient au pillage, au brigandage, au meurtre, sous prétexte d'exercer les droits de haute et de basse justice, souvent des luttes terribles s'engageaient de château à château, de village à village, et, la bataille finie, vainqueurs et vaincus se retiraient, chacun de son côté, prêts à recommencer à la première occasion favorable.

Le baron de Nottingham, battu pendant cette matinée fertile en événements, pouvait donc tenter de reprendre le jour même sa revanche. Ses hommes reçus à quartier ralliaient déjà le château, il possédait encore bon nombre de lances qu'il n'avait pas mises en campagne, et les gens du hall de Gamwell, seuls partisans d'Allan Clare et de Robin, n'étaient pas de force à lutter longtemps contre un aussi puissant seigneur ; il fallait donc, pour conserver l'avantage, suppléer au manque de bras par la prudence, par la ruse et par l'activité aussi bien que par le courage.

Voilà pourquoi nos amis tinrent conseil pendant que le baron, accompagné de deux ou trois serviteurs, regagnait piteusement son manoir. La présence de Christabel empêchait qu'on l'inquiétât dans sa retraite.

Il fut décidé que messire Allan et Christabel se réfugieraient immédiatement au hall par la route la plus courte. Will l'Écarlate, ses six frères et le cousin Petit-Jean les accompagneraient.

Robin, Maude, Tuck et Halbert devaient se rendre à la demeure de Gilbert Head. Dans la soirée on échangerait des messages, et on se tiendrait prêt s'il fallait se réunir sur tel point ou sur tel autre.

William n'approuvait pas ces dispositions et employait toute son éloquence pour convaincre Maude de la nécessité où elle se trouvait d'accompagner sa maîtresse au hall.

Maude, prenant sérieusement à cœur son nouveau titre de sœur de Robin, n'y voulait rien entendre ; mais Will fit si bien que Christabel s'associa à ses désirs sans en comprendre le but, et contraignit Maude à la suivre.

— Robin Hood, dit Allan Clare en prenant les mains du jeune archer dans les siennes, Robin Hood, c'est en risquant deux fois ta vie que tu as sauvé la mienne et celle de lady Christabel, tu es donc plus qu'un ami pour moi, tu es un frère. Or entre frères tout est commun : à toi donc mon cœur, mon sang, ma fortune, à toi tout ce que je possède ; quand je cesserai d'être reconnaissant, c'est que j'aurai cessé de vivre. Adieu !

— Adieu, messire.

Les deux jeunes gens s'embrassèrent et Robin porta respectueusement à ses lèvres les doigts blancs de la belle fiancée du chevalier.

— Adieu, vous tous ! cria Robin en envoyant un dernier salut aux Gamwell.

— Adieu ! répondirent-ils en agitant en l'air leurs bonnets.

— Adieu ! murmura une douce voix, adieu !

— Au revoir, chère Maude, dit Robin, au revoir ! N'oubliez pas votre frère !

Allan et Christabel, montés sur le cheval du baron, partirent les premiers.

— La sainte Vierge les protège, eux, dit tristement Maude.

— Le fait est que le cheval va bien, répondit Halbert.

— Enfant! murmura Maude; et un soupir profond s'échappa de ses lèvres.

Le noble animal qui emportait lady Christabel et Allan Clare vers le hall de Gamwell marchait rapidement, mais avec une souplesse, une douceur infinie de mouvement, comme s'il eût compris la nature de son précieux fardeau; la bride flottait sur son cou gracieusement cambré, mais il ne quittait pas le sol des yeux de crainte d'interrompre par un faux pas le dialogue des amoureux.

De temps en temps le jeune homme tournait la tête, et ses paroles se touchaient avec les paroles de Christabel, qui, pour se soutenir en selle, serrait la taille du cavalier entre ses bras.

Que pouvaient-ils se dire après une si terrible nuit? Tout ce que le délire du bonheur inspire, beaucoup quelquefois, parfois aussi rien; les uns ont le bonheur éloquent, les autres sont silencieux.

Christabel s'adressait des reproches sur sa conduite envers son père; elle se voyait blâmée, repoussée par le monde pour avoir fui avec un homme: elle se demandait si plus tard Allan lui-même ne la mépriserait pas. Mais ces reproches, ces scrupules, ces craintes, elle ne les exprimait que pour avoir le plaisir de les entendre réduire à néant par l'éloquence persuasive du chevalier.

— Que deviendrions-nous si mon père avait le pouvoir de nous séparer, cher Allan ?

— Il ne l'aura bientôt plus, adorée Christabel ; bientôt vous serez ma femme, non seulement devant Dieu comme aujourd'hui, mais encore devant les hommes. Moi aussi j'aurai des soldats, ajouta fièrement le jeune chevalier, et mes soldats vaudront ceux de Nottingham. Plus de soucis, chère Christabel, abandonnons-nous à la jouissance de notre bonheur et à la protection divine.

— Fasse Dieu que mon père nous pardonne !

— Si vous redoutez le voisinage de Nottingham, ma bien-aimée, nous irons vivre dans les îles du Sud, où il y a toujours un beau ciel, de chauds rayons de soleil, des fleurs et des fruits. Exprimez un désir, je trouverai pour vous un paradis terrestre.

— Vous avez raison, cher Allan, nous serions plus heureux là-bas que dans cette froide Angleterre.

— Vous quitteriez donc sans regret l'Angleterre !

— Sans regret !... pour vivre avec vous je quitterais le ciel, ajouta tendrement Christabel.

— Eh bien ! sitôt mariés nous partirons pour le continent ; Marianne nous suivra.

— Chut ! s'écria la jeune fille, écoutez... Allan, on nous poursuit.

Le chevalier arrêta son cheval. Christabel ne s'était pas trompée, le retentissement d'un galop de chevaux arrivait jusqu'à eux, et, de minute en minute, de seconde en seconde, ce bruit, d'abord lointain, augmentait d'intensité et se rapprochait.

— Fatalité! Pourquoi avons-nous devancé nos amis de Gamwell? murmurait Allan qui éperonna son cheval pour faire volte-face et s'enfoncer dans les taillis, car ils se trouvaient alors sur le bord d'une route.

En ce moment un hibou, réveillé par le bruit, sortit d'un tronc d'arbre voisin, poussa un cri lugubre et rasa de son vol les narines du cheval, qui allait obéir à l'éperon. Le cheval épouvanté s'affola et, au lieu de fuir dans la direction choisie par Allan, se lança à fond de train sur la route.

— Courage, Christabel! cria le jeune homme qui luttait inutilement contre la folie de la bête, courage! Tenez-vous ferme! Un baiser, Christabel, et Dieu nous sauve!

Une bande de cavaliers aux couleurs du baron se présentait en ligne et tenait toute la largeur de la route.

La fuite était impossible en tournant le dos aux cavaliers, et l'on ne pouvait miraculeusement échapper qu'en forçant leur ligne.

Allan vit le danger et ne pensa plus qu'à le braver.

Clouant alors les molettes de ses éperons dans les flancs du cheval, il donna tête baissée au milieu des hommes d'armes et passa... passa comme l'éclair qui traverse la nue.

— Change de main! volte-face! commanda le chef de la troupe qu'exaspéra ce trait d'audace. Visez à la bête, hurla le chef, et malheur à qui blessera milady!

Une grêle de flèches tomba autour d'Allan; mais le noble cheval ne ralentit pas sa course, et Allan ne perdit pas courage.

— Enfer! ils nous échappent! hurla le chef. Aux jarrets, tirez aux jarrets!

Quelques instants après les cavaliers entouraient les deux amants, jetés sur le gazon par la chute mortelle du pauvre cheval.

— Rendez-vous, chevalier, dit le chef avec une ironie courtoise.

— Jamais, répondit Allan, qui déjà debout avait dégainé sa rapière, jamais; vous avez tué lady Fitz-Alwine, ajouta le jeune homme en montrant Christabel évanouie à ses pieds. Eh bien! je mourrai en la vengeant.

L'inégale lutte ne fut pas de longue durée: Allan tomba criblé de blessures, et les soldats reprirent le chemin de Nottingham, emportant Christabel comme une enfant endormie.

William eut un remords de conscience et rejoignit son cher Robin, il croyait pouvoir lui être utile, et se promettait de revenir ensuite promptement au hall se livrer à l'admiration des beaux yeux de miss Hubert Lindsay.

Mais Petit-Jean, très formaliste, le rappela.

— Il convient, dit-il, que tu sois l'introducteur au hall de ces nouveaux arrivants. J'accompagnerai Robin, moi.

William y consentit; il n'aurait eu garde de refuser les devoirs que lui imposait l'amitié.

C'est pendant ce court entretien qu'Allan et Christabel avaient devancé les Gamwell, et Robin lui-même, croyant abréger sa route, marcha quelque temps encore en leur compagnie jusqu'à ce qu'il trouvât un certain sentier à lui bien connu.

Hal et Maude avaient aussi pris les devants; mais frère Tuck s'était arrêté pour attendre le gros de la troupe.

Tout en causant, les jeunes gens arrivèrent au petit carrefour où Robin devait se séparer d'eux et non loin duquel frère Tuck attendait mollement assis sur le gazon; il rêvait de la cruelle Maude, le pauvre frère!

Les derniers souhaits du départ se répétaient pour la millième fois quand les yeux de quelques-uns des Gamwell découvrirent à une faible distance le corps sanglant d'un homme étendu sur le sol.

— Un soldat du baron! dirent les uns.

— Une victime de Robin! ajoutèrent les autres.

— Ciel ! un affreux malheur est arrivé ! s'écria Robin qui reconnut aussitôt Allan Clare. Ah ! mes amis, voyez... l'herbe est foulée par des piétinements de chevaux. On s'est battu ici... mon Dieu ! mon Dieu ! il est mort peut-être... et lady Christabel, qu'est-elle devenue ?

Tous les amis firent cercle autour du corps qui paraissait sans vie.

— Il n'est pas mort, rassurez-vous ! s'écria Tuck.

— Béni soit Dieu ! répéta le groupe.

— Le sang coule par cette grande blessure au sommet de la tête, le cœur bat... Allan, messire chevalier, vos amis vous entourent, ouvrez les yeux.

— Fouillez les environs, dit Robin, cherchez lady Christabel.

Ce doux nom prononcé par Robin ranima chez Allan la vie bien près de s'éteindre.

— Christabel ! murmura-t-il.

— En sûreté, messire, cria le moine qui s'occupait à cueillir quelques plantes utiles en pareilles circonstances.

— Vous répondez de lui ? demanda Robin au moine.

— J'en réponds ; sitôt la blessure pansée, on le transportera au hall à l'aide d'une litière en branches d'arbres.

— Alors, adieu, messire Allan, dit Robin, penché tristement sur le blessé; nous nous reverrons.

Allan ne put répondre que par un faible sourire.

Tandis que les robustes bras des Gamwell transportaient lentement au hall le pauvre Allan Clare, Robin, dévoré d'inquiétude, s'avançait rapidement vers la demeure de son père adoptif. L'infortune d'Allan et ses craintes personnelles lui oppressaient le cœur; il maudissait l'étendue, l'espace; il aurait voulu voler plus rapidement que ne volent les hirondelles; il aurait voulu percer l'épaisseur de la forêt, embrasser Marguerite et Gilbert pour être certain qu'ils vivaient encore.

— Tu as des jambes de cerf, dit Petit-Jean.

— On les a toujours ainsi quand on veut, répondit Robin.

En entrant dans la vallée d'aulnes qui conduisait à la maison de Gilbert, les deux jeunes gens reconnurent avec terreur l'affreuse véracité des paroles de Lambic. Un épais nuage de fumée tourbillonnait encore au-dessus des arbres, et les âcres senteurs de l'incendie imprégnaient l'atmosphère.

Robin jeta un cri de désespoir, et, suivi de Petit-Jean, non moins peiné, il s'élança en courant dans l'avenue.

À quelques pas des noirs décombres, là où la veille souriait encore par ses fenêtres éclairées la joyeuse maison, était agenouillé le pauvre Robin, et ses mains pressaient convulsivement les mains froides de Marguerite étendue devant lui.

— Père ! père ! cria Robin.

Une sourde exclamation s'échappa des lèvres de Gilbert ; puis il fit quelques pas vers Robin et tomba en sanglotant dans les bras tendus du jeune homme.

Cependant l'énergie naturelle du vieux forestier fit taire un instant les plaintes, les larmes et les sanglots.

— Robin, dit-il d'une voix ferme, tu es le légitime héritier du comte de Huntingdon ; ne tressaille pas : c'est vrai... Tu seras donc puissant un jour, et tant qu'il y aura un souffle de vie dans mon vieux corps, il t'appartiendra... tu auras donc pour toi la fortune d'un côté, mon dévouement de l'autre : eh bien ! regarde, regarde-la, morte, assassinée par un misérable, celle qui t'aimait tendrement, sincèrement, comme elle eût aimé le fils de ses entrailles.

— Oh ! oui, elle m'aimait ! murmura Robin agenouillé auprès du corps de Marguerite.

— Voici ce qu'ils ont fait de ta mère, un cadavre ; voici ce qu'ils ont fait de ta maison, une ruine ! Comte de Huntingdon, vengeras-tu ta mère ?

— Je la vengerai !

Et, se levant fièrement, le jeune homme ajouta :

— Le comte de Huntingdon écrasera le baron de Nottingham, et la seigneuriale demeure du noble lord sera, comme la maison de l'humble forestier, dévorée par les flammes !

— Je jure à mon tour, dit Petit-Jean, de ne laisser ni repos ni trêve au baron Fitz-Alwine, à ses gens et tenanciers.

Le lendemain, le corps de Marguerite, transporté au hall par Lincoln et Petit-Jean, fut pieusement enterré dans le cimetière du village de Gamwell.

Les mémorables événements de cette étrange nuit avaient réuni comme une seule famille, pour se venger du baron Fitz-Alwine, les divers personnages de notre histoire.

IV

Quelques jours après l'enterrement de la dame Marguerite, Allan Clare apprit à ses amis par quel concours de circonstances inattendues lady Christabel avait été une fois encore enlevée à son amour.

Halbert, envoyé au château par le pauvre amoureux si fatalement déçu dans ses espérances, vint annoncer que Fitz-Alwine était parti pour Londres avec sa fille, et que de Londres le baron devait se rendre en Normandie, où quelques affaires d'intérêt nécessitaient sa présence.

La foudroyante nouvelle de ce départ si subit et si imprévu causa au jeune homme une douleur profonde, et cette douleur devint si violente que Marianne, Robin et les fils de sir Guy de Gamwell épuisèrent pour la calmer toutes les consolations qu'inspirent la tendresse et le dévouement. Un conseil du jeune Hood, conseil fortement appuyé par l'approbation de tous les membres de la famille Gamwell, apporta une lueur d'espérance dans le cœur d'Allan.

Robin disait :

— Allan doit suivre Fitz-Alwine à Londres, de Londres en Normandie, et ne s'arrêter enfin que là où s'arrêtera lui-même le furieux baron.

Cette idée se transforma bientôt en projet, et de projet en exécution. Allan se prépara au départ, et, à la prière de son frère, la douce et résignée Marianne consentit à attendre son retour dans la charmante solitude du hall de Gamwell.

Nous laisserons messire Allan poursuivre de Londres en Normandie les traces de lady Christabel, et nous nous occuperons de Robin Hood, ou, pour mieux dire, du jeune comte de Huntingdon.

Avant de commencer les poursuites légales d'une demande aussi difficile que celle qu'il avait à faire dans l'intérêt de son fils d'adoption, Gilbert crut devoir soumettre la question à sir Guy de Gamwell et dut lui faire connaître dans ses moindres détails l'étrange histoire racontée par Ritson mourant. Lorsque le vieillard eut achevé le récit de l'odieuse usurpation des droits de Robin, sir Guy apprit à son tour à Gilbert que la mère de Robin était la fille de son frère Guy de Coventry. Par conséquent Robin se trouvait être le neveu du baronnet, et non son petit-fils, ainsi que l'avaient pu faire croire à Gilbert les paroles de Ritson. Malheureusement sir Guy de Coventry n'existait plus ; et son fils, seul rejeton de cette branche cadette de la famille des Gamwell, était aux croisades. «Mais, avait ajouté l'excellent baronnet, l'absence de ces deux parents ne doit mettre aucune entrave à la démarche que vous méditez, brave Gilbert, mon cœur, mon bras, ma fortune et mes enfants appartiennent à Robin. Je désire vivement lui être utile, je désire le voir devenir possesseur aux yeux de tous d'une fortune qui lui appartient aux yeux de Dieu.»

La juste réclamation de Robin fut présentée devant les tribunaux; il y eut procès. L'abbé de Ramsay, adversaire du jeune homme, membre très riche de la toute-puissante Église, repoussa vigoureusement la demande, et traita de fable, de mensonge et d'imposture le récit de Gilbert. Le shérif auquel monsieur de Beasant avait confié l'argent nécessaire à l'entretien de son neveu fut appelé devant les juges; mais cet homme, vendu corps et âme à l'audacieux détenteur des biens du comte de Huntingdon, nia le dépôt et refusa de reconnaître Gilbert.

L'unique témoin du jeune homme, son unique protecteur, protecteur traité de fou et de visionnaire, était donc son père adoptif, faible appui, on en conviendra, pour lutter avec avantage contre un adversaire aussi bien placé dans le monde que l'était l'abbé de Ramsay. Il est vrai que sir Guy de Gamwell assura par serment que la fille de son frère avait disparu de Huntingdon à l'époque précisée par Ritson ; mais là se bornait, sur la connaissance des faits, la déposition du vieillard. Si Robin était parvenu à intéresser ses juges, s'il était encore parvenu à leur ôter sur la légalité de ses droits tout doute moral, en revanche il lui était bien difficile, pour ne pas dire impossible, de vaincre les obstacles matériels qui s'opposaient au triomphe de sa cause.

La distance qui sépare Huntingdon de Gamwell, le manque de renfort militaire empêchaient Robin de conquérir ses droits par la force des armes, action permise à cette époque ou du moins tolérée ; il fut donc contraint de supporter avec patience les insolentes bravades de son ennemi, il fut obligé de se mettre à la recherche d'un moyen pacifique et légal, aucun jugement n'ayant encore été rendu, pour entrer sans combat en jouissance de ses biens. Ce moyen fut trouvé par sir Guy, et, d'après le conseil du vieillard, Robin s'adressa directement à la justice de Henri II. Son message envoyé, il attendit, avant de prendre une nouvelle détermination, la réponse bienveillante ou défavorable de Sa Royale Majesté.

Six années s'écoulèrent, six années qui furent absorbées par les angoisses d'un procès laissé et repris suivant le caprice des juges ou des avocats. Dévorées par les inquiétudes de l'attente, ces six années n'eurent pour les habitants du hall de Gamwell que la durée d'un jour.

Robin et Gilbert n'avaient point quitté l'hospitalière maison de sir Guy ; mais, en dépit de l'affection et des tendres soins de son fils, Gilbert, le joyeux Gilbert, n'était plus que l'ombre de lui-même. Marguerite avait emporté l'âme et la gaieté du vieillard.

Marianne faisait également partie des hôtes de Gamwell. L'aimable jeune fille, le front couronné des roses épanouies de son vingtième printemps, était encore plus charmante que le jour où l'amoureux Robin s'extasiait si hautement et si naïvement sur les charmes de son joli visage. Aimée des hommes avec respect, chérie des femmes avec un sentiment d'abnégative tendresse, Marianne n'avait que seule ombre à son bonheur l'absence de son frère. Allan habitait la France, et dans ses rares lettres il ne parlait jamais ni de bonheur présent ni de retour prochain.

Mieux que personne au hall, et surtout plus que personne, Robin admirait, appréciait et chérissait les perfections physiques et morales de Marianne ; mais cette admiration voisine de l'idolâtrie ne s'exprimait ni par les regards, ni par les paroles, ni par les gestes. L'isolement de la jeune fille la rendait à Robin aussi digne de respect que la présence d'une mère ; de plus, l'incertitude de son avenir interdisait à la délicatesse du jeune homme l'aveu d'un amour que sa position présente ne lui permettait pas de sanctionner par les liens sérieux du mariage.

La noble sœur d'Allan Clare pouvait-elle descendre jusqu'à Robin Hood ?

Il eût été impossible, même à l'observateur le plus attentif, de se rendre compte des pensées intérieures de la jeune fille ; il lui eût été impossible de découvrir dans les actions de Marianne, dans ses paroles ou dans ses regards, non seulement la part qu'elle faisait de son cœur à Robin, mais encore si elle avait compris l'ardent amour dont l'entourait le silencieux et dévoué jeune homme.

La douce voix de Marianne avait pour tous indistinctement les mêmes modulations musicales. L'absence de Robin ne mettait ni pâleur à son front ni rêverie dans ses regards ; son retour imprévu ne la faisait point rougir ; elle n'avait avec lui ni entretien particulier ni rencontre fortuite. Mélancolique sans tristesse, Marianne paraissait vivre avec le souvenir de son frère, avec l'espoir d'apprendre que, aimé de Christabel, Allan pouvait ouvertement laisser lire sur son front l'orgueil et la joie que lui donnait cet amour.

Les habitants du hall de Gamwell formaient autour de Marianne plutôt une cour qu'une société : car, sans être pour personne ni froide, ni fière, ni hautaine, la jeune fille s'était involontairement placée au-dessus de son entourage. La sœur d'Allan Clare semblait être la reine du hall. Déjà reine par la beauté, on eût dit encore qu'un titre plus sérieux lui en donnait les droits, et ce titre était une supériorité incontestable, reconnue et respectée. Les manières aristocratiques de la jeune fille, sa conversation spirituelle et sérieuse, l'élevaient trop visiblement au-dessus de ses hôtes pour que dans leur loyale et rustique franchise ils n'eussent pas été les premiers à reconnaître son mérite.

Maude Lindsay, dont le père était mort depuis près de cinq ans, n'avait pu ni rentrer au château ni suivre sa maîtresse en France. Elle habitait donc le hall de Gamwell, et s'y rendait utile dans la mesure de ses forces.

Le frère de lait de Maude, le gentil Hal, remplissait toujours au château les fonctions de garde. Plus d'une fois, hâtons-nous de le dire, le désir de jeter aux orties la livrée du baron avait assiégé l'esprit du jeune homme ; mais une raison plus puissante que son désir, une raison fortement appuyée par le cœur, retenait Hal dans les chaînes du vieux baron : cette raison se nommait Grâce May, et l'éloquence des beaux yeux qui brillaient à quelques pas de Nottingham réduisait toujours à néant les virils projets d'une émancipation. L'amoureux Hal supportait donc la servitude avec un mélange de joie et de tristesse, et pour s'en consoler il faisait de temps à autre une longue visite à Gamwell. Les joyeux fils de sir Guy avaient remarqué que les premières paroles du jeune garçon à son entrée au hall étaient invariablement celles-ci :

— Chère sœur Maude, j'ai pour toi un baiser de ma jolie Grâce.

Maude acceptait le baiser. La journée s'écoulait en jeux, en rires, en repas, en causeries ; puis, au moment du départ, Hal redisait, du même ton qu'à son arrivée :

— Chère sœur Maude, donne-moi pour Grâce May un baiser de tes lèvres.

Maude accordait le baiser d'adieu comme elle avait reçu celui de l'arrivée, et Hal partait joyeux.

Il aimait tant sa bonne fiancée, l'honnête et bon garçon !

Notre ami Gilles Sherbowne, le joyeux moine Tuck, comprit enfin l'indifférence de cœur exprimée par les manières froidement polies de la jolie Maude. Les premiers jours qui suivirent cette désolante découverte furent employés par Tuck à gémir sur l'inconstance des femmes en général et sur celle de Maude en particulier. Lorsque les plaintes, les lamentations et les regrets eurent calmé l'effervescence de sa douleur, Tuck jura de renoncer à l'amour ; il jura de ne plus aimer autre chose que les boissons, les jouissances de la table et les bons coups de bâton, ajoutant *in petto* qu'il aimerait éternellement à les donner et non à les recevoir. Le serment de Tuck fut appuyé par le renfort d'un bon déjeuner, par l'absorption d'une prodigieuse quantité d'ale à laquelle se joignaient encore une demi-douzaine de verres de vieux vin. Ce copieux repas glorieusement achevé, Tuck sortit de la salle hospitalière, dédaigna de lever les yeux sur Maude pensivement accoudée à une fenêtre, oublia de serrer la main bienfaisante de ses hôtes, et, drapé dans sa résolution comme dans un manteau, s'éloigna majestueusement du hall de Gamwell.

Maude avait aimé, Maude aimait encore Robin Hood. Mais lorsque la pauvre fille eut fait la connaissance de Marianne, lorsque le temps et un contact journalier lui eurent fait connaître les rares qualités de la sœur d'Allan Clare, elle comprit la fidélité de Robin et lui pardonna les dédains de son indifférence. Non seulement elle pardonna, la bonne et dévouée jeune fille, non seulement elle comprit son infériorité, mais encore elle l'accepta, se résignant à jouer sans arrière-pensée, sans espoir dans l'avenir, sinon sans regret, son rôle de sœur. Avec la perspicace finesse d'une femme réellement éprise, Maude devina le secret de Marianne. Ce secret, caché aux yeux mêmes de celui qu'il intéressait ne resta pas longtemps un mystère pour Maude ; elle lut dans les yeux calmes et en apparence si indifférents de Marianne cette pensée, qui eût fait, en deux mots, le bonheur du jeune homme : «J'aime Robin.»

Maude essaya d'étouffer son rêve sous le poids écrasant de cette réalité ; elle tenta de chasser de son cœur l'image chérie et si tendrement caressée qu'on appelait le bonheur, et qui se nommait Robin Hood ; elle essaya de se montrer aux yeux de tous insouciante et joyeuse : elle voulut oublier, et ne put que pleurer et se souvenir. Cette lutte intérieure, lutte sans trêve, qui mettait constamment en présence l'un de l'autre le cœur et la raison, fatigua les traits charmants de Maude. La fraîche et rieuse fille du vieux Lindsay ne montra bientôt plus d'elle-même qu'un portrait demi-effacé et dont on cherchait avec une surprise émue la belle et souriante figure. En réagissant à l'extérieur, cette souffrance morale jetait sur les joues de Maude une touchante pâleur, et cette apparence maladive fut attribuée au chagrin que lui causait la mort de son père.

Au nombre des personnes qui cherchaient à distraire Maude de sa douleur, au nombre de celles qui se montraient à son égard bienveillantes et bonnes, on pouvait remarquer un aimable garçon, au caractère vif et joyeux, aux manières caressantes et empressées, qui à lui seul prenait plus de soins et de peines dans l'intention d'amuser Maude que ne s'en donnerait bien certainement un maître de maison obligé de distraire soixante convives. Tout le long du jour on voyait trotter de la maison aux jardins, des jardins aux champs, des champs à la forêt, l'ami dévoué de Maude. Ce va-et-vient perpétuel, ces allées et venues infatigables n'avaient d'autre but que la recherche d'un objet précieux ou nouveau pour le donner à Maude, d'autre but que la découverte d'un plaisir à lui offrir, d'une surprise à lui faire. Cet ami si tendre, si joyeusement empressé, était notre ancienne connaissance, le bon Will l'Écarlate.

Une fois par semaine, et cela, avec une régularité et une constance dignes d'un meilleur sort, William faisait à Maude une déclaration d'amour. Avec une régularité et une constance égales à celles du jeune homme, Maude repoussait cette déclaration.

Fort peu intimidé et surtout fort peu découragé par les patients refus de la jeune fille, Will l'aimait silencieusement du lundi au dimanche ; mais ce jour-là son amour, muet pendant l'entière durée d'une semaine, ne pouvant plus se contenir, arrivait au transport. Les tranquilles refus de Maude jetaient un peu d'eau froide sur ce feu incendiaire ; Will se taisait jusqu'au dimanche suivant, jour de repos qui lui permettait de se livrer sans contrainte à ses épanchements de cœur.

Le jeune Gamwell ne comprenait point l'exquise délicatesse de sentiment qui interdisait à Robin l'aveu de son amour pour Marianne. William traitait de niaiserie cette délicatesse, et, bien loin d'en imiter la réserve, il guettait toutes les occasions favorables à un aveu, déjà fait cent fois, à la confidence d'un mot qui avait mission d'apprendre à Maude qu'elle était aimée, bien tendrement aimée par Will de Gamwell.

Maude était pour William l'aimant de la vie, la seule femme qu'il lui fût possible d'aimer. Maude était le souffle de William, sa joie, son bonheur, ses plaisirs, son rêve, son espérance. Will appelait du nom de Maude son chien de chasse favori ; les armes préférées du jeune homme portaient également ce nom ; son arc s'appelait Maude ; sa lance, la blanche Maude ; ses flèches, les fines Maude. Insatiable dans son amour pour le nom de sa bien-aimée, William ambitionna la possession du cheval de l'amoureux de Grâce May, et cela, uniquement parce que ce cheval portait le nom de son idole. Hal refusa nettement les offres fabuleuses que lui fit William pour acquérir ce cheval, et notre ami courut aussitôt à Mansfield, acheta une magnifique jument, et lui donna le nom d'incomparable Maude. Le petit nom de miss Lindsay fut bientôt connu dans le voisinage de Gamwell ; ce nom était sans cesse sur les lèvres de Will ; il le prononçait vingt fois par heure, et toujours avec une expression de tendresse croissante.

Non content de donner aux objets de son entourage et dont il se servait journellement le nom de son amie, William en baptisait encore toutes les choses qui plaisaient à ses regards.

Maude était tellement idéalisée dans le cœur de ce naïf garçon qu'elle ne lui paraissait plus sous la forme d'une femme, mais bien sous les traits d'un ange, d'une déesse, d'un être supérieur à tous les êtres, moins près de la terre qu'elle ne l'était du ciel ; en un mot, miss Lindsay était la religion de Will.

Si nous sommes obligés de reconnaître que le sauvage fils du baronnet de Gamwell aimait Maude d'une manière aussi rude que franche, nous sommes également obligés de dire que cet amour, si bizarre dans son expression, n'était point sans influence sur le cœur de miss Lindsay.

Les femmes détestent rarement l'homme qui les aime, et lorsqu'elles rencontrent un cœur vraiment dévoué, elles rendent une partie de l'amour qu'elles inspirent. Chaque jour fit éclore une prévenance, une gentillesse, une amabilité de la part de Will, toutes ayant pour but et récompense la joie de Maude. Il arriva enfin que cette bruyante tendresse, mélangée de passion, de respect et de platonisme, jeta dans le cœur de la jeune fille une vive gratitude. Si les témoignages de l'amour de William n'étaient pas entourés de la délicatesse de forme que les esprits sensitifs croient essentiellement nécessaire à leur manifestation, c'était uniquement parce que la brusquerie naturelle à son caractère et à ses allures ne pouvait ni concevoir ni admettre cette délicatesse.

Maude connaissait le naturel fougueux et emporté de Will. Du reste, quelle est la femme qui ne comprend pas immédiatement la force et la grandeur d'une bonté qui a sa source dans le cœur ?

Par reconnaissance, peut-être aussi par un sentiment de générosité, Maude chercha à mériter la gratitude de Will. Pour obtenir cette gratitude, Maude n'employa point une coquetterie brodée d'espérance. Non, cette conduite trompeuse était indigne de la jeune fille ; elle eut pour William des soins de jeune mère, des attentions d'ami, des prévenances de sœur. Malheureusement les gracieusetés de Maude furent mal comprises de Will, qui, au moindre mot affectueux, devant le plus léger regard de cordiale amitié, tomba dans les extases de l'adoration, dans les transports d'un amour insensé.

Après avoir juré une tendresse éternelle, après avoir offert son nom, son cœur, sa fortune, Will terminait invariablement ses déclarations passionnées par cette patiente et naïve demande :

— Maude, m'aimerez-vous bientôt ? M'aimerez-vous un jour ?

Ne voulant ni donner des espérances au jeune homme ni lui faire douter d'un changement à venir, Maude éludait la question.

La conduite de miss Lindsay n'était point guidée, nous l'avons dit, par un sentiment de coquetterie, et moins encore par le désir, toujours flatteur pour la vanité d'une femme, de conserver un adorateur. Maude, qui se savait passionnément aimée, qui connaissait l'emportement irréfléchi du caractère de Will, redoutait avec raison les dangereux résultats d'un refus sérieux et irrévocable. Dans un premier moment de douleur, Will pouvait cruellement souffrir de sa défaite amoureuse. Du reste, il faut avouer en toute franchise que les craintes de recevoir un refus sans appel n'avaient jamais troublé ni le cœur ni l'esprit du jeune homme. Le pauvre garçon croyait fermement que si Maude refusait aujourd'hui son amour, elle l'accepterait le lendemain. Il avait déjà demandé trois cents fois à la jeune fille si elle l'aimerait bientôt, il lui avait déjà dit six cents fois qu'il l'adorait, trois cents fois Will avait été doucement repoussé. N'importe, le jeune homme se promettait de renouveler ses offres trois cents fois encore.

Le cœur de Maude cependant n'était pas de nature à exiger un siège aussi prolongé ; car ce cœur était bon, tendre et dévoué. William savait cela et il espérait qu'un beau matin, à sa millième déclaration d'amour, Maude lui tendrait sa petite main blanche, son front si pur, et dirait enfin : « William, je vous aime. »

Nous avons oublié de suivre les regards de Maude lorsque la jeune fille les portait, avec une affectueuse reconnaissance, sur son passionné serviteur. Notre ami avait au physique aussi bien qu'au moral des imperfections qui d'ordinaire ne sont point l'apanage des héros de nos romans modernes, néanmoins ces imperfections n'avaient ni le droit ni le pouvoir d'éloigner l'amour. Will était grand, bien proportionné ; sa figure ovale aux traits fins n'était point enlaidie par la teinte vermeille d'une fraîcheur juvénile mise en relief par l'encadrement d'une chevelure d'un rouge un peu vif. Cette bizarre nuance, qui avait acquis au jeune homme la qualification d'*Écarlate*, était donc un défaut, un grand défaut, nous sommes contraints de le reconnaître. Mais nous devons ajouter que les cheveux de William se bouclaient naturellement et tombaient sur son cou avec une grâce digne d'admiration. La mère de Will s'était flattée, en caressant la tête de son enfant, que le temps donnerait à l'étrange couleur des cheveux une teinte plus foncée ; mais, loin de réaliser l'espoir de la bonne dame, le temps avait pris plaisir à les revêtir d'une couche de carmin plus vif, et William devint une seconde édition de Guillaume le Roux.

De charmantes beautés physiques, de précieuses qualités morales rachetaient amplement ce bizarre caprice de la nature ; car Will avait des yeux bleus fendus en amande, à l'expression tantôt remplie de tendresse, tantôt pétillante de malice. Au doux regard de ces beaux yeux venait se joindre un air de bonne humeur si franc, si affectueux et si aimable qu'il diminuait considérablement l'ensemble un peu coloré de notre ami.

Aimée de la famille Gamwell, adorée de Will, désireuse de plaire à tous, Maude en arriva enfin à s'attacher au jeune homme ; mais elle avait si souvent repoussé l'offre de son amour que, tout en se sentant le désir d'y répondre, elle ne savait plus comment elle devait s'y prendre.

Voilà donc dans quelle situation se trouvaient nos personnages en l'an 1183, six ans après le meurtre de la pauvre Marguerite.

Pendant une belle soirée des premiers jours du mois de juin, une expédition nocturne fut préparée par Gilbert Head. Cette expédition, qui avait pour but d'arrêter une bande d'hommes appartenant au baron Fitz-Alwine, devait, par son succès, réaliser les souhaits du vieillard, car l'époux de Marguerite n'avait point renoncé à ses projets de vengeance. Les renseignements qui avaient instruit Gilbert du passage de ces hommes dans la forêt de Sherwood laissaient supposer que ces derniers accompagnaient leur maître au château de Nottingham, et l'intention de Gilbert était de faire revêtir à sa troupe la livrée des soldats du baron et de s'introduire au château sous ce déguisement. Là seulement auraient lieu les représailles, représailles sans pitié, qui rendraient meurtre pour meurtre, incendie pour incendie.

Plus bavard qu'il n'était prudent, Hal avait répondu aux questions de Gilbert. Le naïf enfant ne s'était point aperçu que ses réponses indiscrètes faisaient courir des nuées d'orage dans les yeux du sombre et attentif vieillard.

Robin et Petit-Jean avaient juré à Gilbert de l'aider à punir le baron. Fidèles à leur serment, ils s'étaient mis l'un et l'autre à sa disposition. Sur la demande de Gilbert, Petit-Jean arma une troupe d'hommes hardis et courageux, plaça dans leurs rangs les fils de sir Guy, et cette petite troupe, formée de combattants résolus à vaincre, se mit aux ordres du vieux forestier.

Gilbert voulait tuer de ses propres mains le baron Fitz-Alwine ; car, dans l'extrême exagération de sa douleur, il regardait ce meurtre comme un tribut à payer aux restes chéris de son infortunée compagne.

Robin n'avait point à cet égard les mêmes pensées que son père adoptif, et, sans se croire parjure au serment qu'il avait fait sur le cadavre de Marguerite, il songeait à défendre le baron de la fureur du vieillard.

Une pensée d'amour devait donc se mettre comme un bouclier entre l'arme de Gilbert et la poitrine du baron Fitz-Alwine.

« Mon Dieu ! se disait mentalement Robin, accordez-moi la grâce de préserver cet homme des coups de mon père ; la douce créature qui habite auprès de vous ne demande pas de vengeance. Accordez-moi la grâce de toucher le cœur de Fitz-Alwine, d'apprendre par lui le sort d'Allan Clare, afin de donner un peu de bonheur à celle que j'aime. »

Quelques minutes avant l'heure fixée pour le départ, Robin se rendit dans une chambre qui avoisinait l'appartement de Marianne afin de prendre congé de la jeune fille.

En entrouvrant sans bruit la porte de cette pièce, Robin aperçut Marianne accoudée sur une fenêtre et causant avec elle-même, ainsi que cela arrive quelquefois aux personnes qui vivent dans un isolement rempli de leurs songes.

Interdit et troublé, Robin resta silencieusement, le chapeau à la main, sur le seuil de la porte.

— Sainte mère du Sauveur, murmurait la jeune fille d'une voix entrecoupée, aide-moi, protège-moi, donne-moi la force de supporter l'écrasante monotonie de mon existence ! Allan, mon frère, mon seul protecteur, mon seul ami, pourquoi m'avez-vous quittée ? Vos espérances de bonheur étaient ma seule joie, Christabel et vous étiez toute ma vie ! Vous êtes parti depuis six ans, mon frère, et, comme une fleur oubliée dans le jardin d'une maison déserte, j'ai grandi loin de vous. Les personnes à qui votre tendresse a confié le soin de ma vie sont bonnes, trop bonnes peut-être, car leur bienveillance m'accable, elle me fait sentir mon isolement, mon abandon. Je suis malheureuse, Allan, bien malheureuse, et, pour mettre le comble à mon infortune, une passion dévorante est venue remplir tout mon être : mon cœur ne m'appartient plus.

En achevant ces douloureuses paroles, Marianne ensevelit sa tête dans ses blanches mains et pleura amèrement.

— « Mon cœur ne m'appartient plus », répéta Robin qui tressaillit d'angoisse, tandis qu'une profonde rougeur lui faisait comprendre qu'il était indiscrètement témoin des pleurs de la jeune fille... Marianne, dit vivement Robin en s'avançant au milieu de la chambre, voulez-vous me permettre de causer quelques instants avec vous ?

Marianne surprise jeta un léger cri.

— Volontiers, messire, répondit-elle avec douceur.

— Mademoiselle, reprit Robin les yeux baissés et la voix tremblante, je viens de commettre involontairement une impardonnable faute. Je demande à votre extrême indulgence d'en écouter l'aveu sans colère. Je suis là au seuil de cette porte depuis quelques minutes, vos paroles si profondément tristes ont eu un auditeur.

Marianne rougit.

— J'ai entendu sans écouter, mademoiselle, se hâta d'ajouter Robin, timidement rapproché de la jeune fille.

Un doux sourire entrouvrit les lèvres de la charmante lady.

— Mademoiselle, reprit Robin, enhardi par ce divin sourire, permettez-moi de répondre à quelques-unes de vos paroles. Vous êtes sans parents, Marianne, éloignée de votre frère et presque seule au monde. Ma vie n'a-t-elle pas les mêmes douleurs ? Ne suis-je pas orphelin ? Comme vous, milady, je puis me plaindre du sort, comme vous je puis pleurer, non les absents, mais ceux qui ne sont plus. Je ne pleure pas cependant, parce que l'avenir et Dieu sont mon espérance. Courage, Marianne, confiance et espoir : Allan reviendra, et avec lui la noble et belle Christabel. En attendant l'époque sans nul doute prochaine de cet heureux retour, accordez-moi la grâce de vous servir de frère ; ne me refusez pas, Marianne, et vous comprendrez bientôt que votre confiance se sera reposée sur un homme qui donnerait sa vie pour vous rendre heureuse.

— Vous êtes bon, Robin, répondit la jeune fille d'une voix profondément émue.

— Ayez donc confiance en moi, chère lady. Ne supposez pas surtout que l'offre de mon cœur, de ma vie, de mes soins vous soit faite sans réflexion... Tenez, Marianne, ajouta le jeune homme d'une voix plus expressive et moins tremblante, je vais vous dire la vérité tout entière : je vous aime depuis le premier jour de notre rencontre.

Une exclamation mêlée de joie et de surprise s'échappa des lèvres de Marianne.

— Si je vous fais aujourd'hui cet aveu, reprit Robin d'une voix émue, si je vous ouvre mon cœur fermé sur votre image depuis six ans, ce n'est point avec l'espoir d'obtenir votre affection, mais dans celui de vous faire comprendre combien je suis dévoué à votre chère personne. Vos paroles si involontairement entendues m'ont brisé le cœur. Je ne vous demande pas le nom de celui que vous aimez... Lorsque vous me jugerez digne de remplacer votre frère, vous daignerez me le donner. Croyez-le bien, Marianne, je respecterai ce choix, choix si digne d'envie... Vous me connaissez depuis six ans, il vous a été facile, n'est-ce pas ? de me juger par mes actions. Je mérite le titre sacré de votre protecteur. Ne pleurez pas, Marianne ; donnez-moi votre main et dites-moi que je serai un jour votre ami, votre confident.

Marianne tendit au jeune homme incliné vers elle ses deux mains tremblantes.

— J'écoute vos paroles, Robin, dit la jeune fille, avec un sentiment d'admiration si vif qu'il me rend impuissante à vous exprimer mon bonheur. Je vous connais depuis plusieurs années, et chaque jour m'a appris à vous apprécier davantage. Pendant l'absence d'Allan, vous avez rempli auprès de moi les devoirs du meilleur des frères, et cela, dans l'ombre, en silence, presque sans remerciements. Je suis profondément touchée, ami cher, du généreux sacrifice que vous voulez faire de vos sentiments en faveur de la personne inconnue à qui appartient mon cœur. Eh bien ! il me serait pénible d'être surpassée en grandeur d'âme, même par vous, Robin. Je veux me montrer aussi franche que vous êtes dévoué.

Une vive rougeur colora les joues de Marianne, qui resta silencieuse pendant quelques minutes.

— N'ayez point mauvaise opinion de ma délicatesse de femme, reprit la jeune fille d'une voix émue, si en récompense de toutes vos bontés pour moi je vous appartiens! Du reste, je ne crois point devoir rougir de cet aveu, puisqu'il est un témoignage de ma gratitude et de ma loyauté.

Nous ne répéterons pas les paroles ardentes qui s'échappèrent comme un torrent du cœur des jeunes gens; six années d'un amour silencieux y avaient amassé des trésors de tendresse.

Les mains unies, les yeux en pleurs, le sourire sur les lèvres, ils se jurèrent l'un à l'autre un amour constant, éternel: amour qui ne devait s'envoler au ciel qu'avec le dernier soupir de leur vie.

V

— Maude, Maude, miss Maude! criait une voix joyeuse en poursuivant la jeune fille qui se promenait seule et pensive dans les jardins de Gamwell. Maude, charmante Maude, répéta la voix d'un ton de tendresse impatiente, où donc êtes-vous?

— Me voilà, William, me voilà, dit miss Lindsay en s'avançant d'un air de bienveillance empressée au-devant du jeune homme.

— Je suis fort heureux de vous rencontrer, Maude, s'écria joyeusement Will.

— Je suis également satisfaite de cette rencontre, puisqu'elle vous donne tant de plaisir, répondit gracieusement la jeune fille.

— Certainement elle me donne un très grand plaisir, Maude. Quelle belle soirée, n'est-ce pas?

— Très belle, William; mais n'avez-vous point autre chose à me dire?

— Je vous demande pardon, Maude, j'ai autre chose à vous dire, répondit Will en riant; mais le calme délicieux de ce demi-jour me fait songer qu'il est propice à une promenade dans les bois.

— Votre intention est-elle d'aller préparer les voies d'une chasse pour demain ?

— Non, Maude, nous n'allons pas dans la forêt avec cette pacifique intention ; nous allons... Ah ! je m'oublie... je ne dois parler de cela à personne. Cependant je vais faire une chose dont le résultat peut être pour moi une jambe cas... Je dis des folies, Maude, ne m'écoutez pas. Je suis venu vous souhaiter une bonne, une heureuse nuit, et vous dire adieu...

— Adieu, Will ! que signifie cet aveu ? Allez-vous donc entreprendre une dangereuse expédition ?

— Eh bien ! s'il en était ainsi, avec un arc et un bâton solidement noué à une main ferme, on emporte facilement la victoire. Mais, chut !... toutes mes paroles sont oiseuses, elles ne disent absolument rien.

— Vous me trompez, William, vous voulez me faire un mystère de votre sortie nocturne.

— La prudence l'exige, très chère Maude ; une parole inconsidérée pourrait devenir fort dangereuse. Les soldats... Ah ! je suis fou... fou d'amour pour votre charmante personne, Maude. Voici tout simplement la vérité : Petit-Jean, Robin et moi nous allons courir la forêt. Avant de sortir j'ai voulu vous dire adieu, Maude, bien tendrement adieu, car peut-être

n'aurai-je plus jamais le bonheur de vous le...
Je dis des enfantillages, Maude, oui, des enfantillages. Je suis venu vous dire adieu uniquement parce qu'il m'est impossible de
m'éloigner du hall sans vous serrer les mains ;
ceci est très vrai, Maude, bien vrai, je vous
assure.

— Oui, Will, c'est vrai.

— Et pour quelle raison vous dis-je toujours
adieu ou au revoir, Maude ?

— Ce n'est pas à moi de vous l'apprendre,
Will.

— Ah ! vraiment, Maude, s'écria le jeune
homme d'un ton joyeux, ce n'est pas vous qui
devez me l'apprendre ! Vous l'ignorez peut-être,
chère Maude ; vous ignorez peut-être que je
vous aime plus que je n'aime mon père, mes
frères, mes sœurs et mes bons amis. Je puis
quitter le hall avec l'intention d'en rester
éloigné des semaines entières sans dire adieu à
personne, à l'exception de ma mère toutefois,
et il est impossible que je m'éloigne de vous,
même pour quelques heures, sans presser dans
les miennes vos petites mains blanches, sans
emporter comme une bénédiction ces douces
paroles : « Bon voyage et prompt retour, Will. »
Cependant, Maude, vous ne m'aimez pas,
ajouta presque tristement le pauvre garçon.
Mais ce nuage n'assombrit pas les beaux yeux
de William ; car il reprit bien vite d'un ton plus

gai : J'espère que vous m'aimerez un jour, Maude ; je l'espère, j'ai de la patience, je puis attendre votre bon plaisir ; ne vous pressez pas, ne vous tourmentez pas, n'imposez pas à votre cœur un sentiment qu'il ne veut pas accepter. Cela viendra, chère Maude, et si bien qu'un jour vous vous direz à vous-même : « Eh bien ! j'aime William, je l'aime un peu... un tout petit peu. » Puis, au bout de quelques jours, de quelques semaines, de quelques mois, vous m'aimerez davantage. Votre amour grandira ainsi progressivement jusqu'à ce qu'il arrive à égaler en force et en passion l'immensité du mien. Mais vous aurez beau faire, Maude, il n'y parviendra pas. Je vous aime tant que ce serait trop demander au ciel que de le prier de vous mettre dans le cœur un pareil amour. Vous m'aimerez à votre aise, à votre fantaisie, suivant votre caprice, et vous me direz un jour : « Will, je vous aime ! » Moi je vous répondrai... Ah ! ah ! ah ! je ne sais pas ce que je vous répondrai, Maude ; mais je sauterai de joie, mais j'embrasserai ma mère, mais je deviendrai fou de bonheur. Oh ! Maude, essayez de m'aimer, commencez par un léger sentiment de préférence, demain vous m'aimerez un peu, après-demain davantage, et à la fin de la semaine vous me direz : « Will, je vous aime ! »

— Vous m'aimez donc vraiment, Will ?

— Que faut-il faire pour vous en donner la preuve ? répondit le jeune homme d'un ton grave, que faut-il faire ? Dites-le moi... Je désire vous apprendre que je vous aime de tout mon cœur, de toute mon âme, de toutes mes forces, je désire vous l'apprendre puisque vous ne le savez pas encore.

— Vos paroles et vos actions sont des preuves qui ne demandent pas à être appuyées par de nouveaux témoignages, cher William, et ma demande n'a d'autre but que d'amener entre nous une sérieuse explication, non de vos sentiments, ils me sont connus, mais de ceux qui remplissent mon cœur. Vous m'aimez, Will, vous m'aimez sincèrement ; mais si j'ai attiré votre attention, il ne faut pas oublier que c'est sans le vouloir ; je n'ai jamais cherché à vous inspirer de l'amour.

— C'est vrai, Maude, c'est vrai, vous êtes aussi modeste que belle ; je vous aime parce que je vous aime, voilà tout.

— Will, reprit la jeune fille avec un peu d'anxiété dans le regard, Will, n'avez-vous donc jamais songé que j'avais pu donner mon cœur avant de vous connaître ?

Cette affreuse pensée, qui n'était jamais venue troubler les rêves de William ni porter atteinte à la douce quiétude de son patient amour, le frappa au cœur d'un coup si douloureux qu'il pâlit, et, près de défaillir, s'appuya contre un arbre.

— Vous n'avez point donné votre cœur, n'est-ce pas, Maude ? murmura-t-il d'une voix suppliante.

— Calmez-vous, cher Will, reprit doucement la jeune fille, calmez-vous et écoutez-moi. Je crois en votre amour comme je crois en Dieu, et je voudrais de tout mon cœur pouvoir vous rendre, cher et bon Will, affection pour affection.

— Ne me dites pas qu'il vous est impossible de m'aimer, Maude ! s'écria violemment le jeune homme, ne me le dites pas, car je sens aux palpitations de mon cœur, à la chaleur de mon sang qui court dans mes veines comme une lave ardente, je sens qu'il me serait impossible d'entendre, d'écouter vos paroles.

— Vous devez cependant les entendre, Will, et je vous demande en grâce d'y prêter quelques minutes d'attention. Je connais les douleurs de l'amour sans espoir, mon ami, j'en ai subi une à une toutes les tortures ; il n'existe point sur la terre de douleur comparable à celle que jette dans le cœur un amour dédaigné. Je désire ardemment vous en épargner les cruelles angoisses, Will ; écoutez-moi, je vous prie, sans amertume et surtout sans colère. Avant de vous connaître, avant d'avoir quitté le château de Nottingham, j'avais donné mon cœur à une personne qui ne m'aime pas, qui ne m'a jamais aimée, qui ne m'aimera jamais.

William tressaillit.

— Maude, dit-il d'une voix palpitante, Maude, si vous le voulez cet homme vous aimera, il vous aimera, Maude, répéta le pauvre garçon les yeux pleins de larmes. Par la messe ! il faut que cet homme devienne votre esclave, il le faut ou je le battrai tous les jours. Oui, Maude, je le battrai jusqu'à ce qu'il vous aime.

— Vous ne battrez personne, Will, répondit Maude en souriant malgré elle de l'étrange expédient que voulait mettre en œuvre le jeune garçon, non seulement l'amour ne s'impose pas, et surtout d'une aussi rude manière, mais encore celui dont je vous parle ne mérite en aucune façon d'indignes traitements. Vous devez comprendre, Will, que je n'attends pas, que je n'espère pas l'affection de cet homme, et vous devez comprendre mieux encore qu'il faudrait n'avoir ni cœur ni âme pour rester insensible et indifférente aux témoignages de votre tendresse. Eh bien ! Will, mon cher Will, profondément touchée de vos généreuses paroles, je veux vous en exprimer ma gratitude par le don de ma main, par l'assurance d'une affection qui mettra toute sa force à conquérir, à mériter, à égaler la vôtre.

— À votre tour, écoutez-moi, Maude, répondit Will d'une voix tremblante. Je suis honteux de n'avoir pas compris les raisons de votre indifférence. Je vous prie de me pardonner l'aveu arraché à votre cœur. Par bonté d'âme, Maude, vous voulez accepter le nom du pauvre William, par bonté d'âme encore vous voulez vous sacrifier à son bonheur. Songez donc, Maude, que ce bonheur même est la perte de vos espérances, peut-être même celle de votre repos. Je ne puis ni ne dois accepter un pareil sacrifice. Non seulement je ne crois pas en être digne, mais encore je rougirais de vous parler plus longtemps de mon amour. Pardonnez-moi les ennuis dont je vous ai accablée, pardonnez-moi de vous avoir aimée, de vous aimer encore, pardonnez-moi, je vous jure de ne jamais vous parler de mes sentiments.

— William, William, où donc es-tu ? s'écria tout à coup une voix forte et sonore.

— On m'appelle, Maude, adieu. Que la vierge Marie daigne veiller sur vous, que sa divine protection vous préserve de tout malheur ! Soyez heureuse, Maude ; mais, si vous ne me revoyez jamais, si je ne reviens plus, pensez quelquefois au pauvre Will, pensez à celui qui vous aime, qui vous aimera toujours.

En achevant ces paroles, murmurées d'une voix pleine de larmes, le jeune homme saisit Maude par la taille, pressa sur son cœur la jeune fille palpitante, l'embrassa passionnément, et s'enfuit sans détourner la tête, sans répondre à une douce voix qui cherchait à le retenir.

— Il ne m'a pas donné le temps de lui exprimer d'une manière explicite la délicatesse de mon aveu, se dit Maude tout attristée du brusque départ de William. Demain je lui dirai que mon cœur n'a aucun regret du passé ; il en sera bien heureux, ce cher Will.

Hélas ! le lendemain devait être précédé de longs jours d'attente.

Une vingtaine de robustes vassaux armés de lances, d'épées, d'arcs et de flèches entouraient, à une distance respectueuse, un groupe d'hommes composé de cinq fils de sir Guy de Gamwell, de Petit-Jean son neveu, et de Gilbert Head.

— Je suis fort étonné que Robin se fasse attendre, disait le vieillard à ses jeunes compagnons ; il n'est point dans les habitudes de mon fils d'être paresseux.

— Patience, maître Gilbert, répondit Petit-Jean en redressant sa grande taille pour jeter au loin un regard investigateur ; Robin n'est pas seul à manquer à l'appel, mon cousin Will se fait également désirer. Ce n'est pas sans motif, je le gage, qu'ils retardent le départ de deux ou trois minutes.

— Les voici ! cria un des hommes.

Will et Robin s'avancèrent rapidement.

— Avez-vous donc oublié l'heure du rendez-vous, mon fils ? demanda Gilbert en tendant la main aux deux jeunes gens.

— Non, mon père, et je vous demande pardon de m'être fait attendre.

— Partons ! s'écria Gilbert, Petit-Jean, ajouta-t-il en se tournant vers le grand homme, vos amis connaissent-ils bien clairement le but de notre expédition ?

— Oui, Gilbert, et ils ont juré de vous suivre avec courage, de vous servir avec fidélité.

— Je puis donc en toute confiance compter sur leur appui ?

— En toute confiance.

— Très bien. Un mot encore : afin de gagner Nottingham par le chemin le plus court, nos ennemis traverseront Mansfeld, s'engageront dans la grande route qui coupe en deux la forêt de Sherwood, et atteindront un carrefour auprès duquel nous nous mettrons en embuscade... Je n'ai pas besoin d'en dire davantage. Petit-Jean, vous connaissez mes intentions ?

— Parfaitement, répondit le jeune homme. Mes garçons ! cria Petit-Jean sur un signe du vieillard, aurez-vous le courage d'enfoncer vos dents saxonnes dans le corps de ces loups normands ? Aurez-vous le courage de vaincre ou de mourir ?

Un oui énergique répondit à la double question du jeune homme.

— Eh bien! mes braves gens, en avant!

— Hourra! pour la guerre! s'exclama Will en suivant avec Robin la belliqueuse troupe.

— Hourra! hourra! crièrent joyeusement les hommes.

Et l'écho de la sombre forêt répéta encore:

— Hourra! hourra! hourra!

— Qu'as-tu donc, ami Will? demanda Robin en prenant le bras du pensif jeune homme. Il me semble qu'un nuage de noire mélancolie obscurcit ta joyeuse figure. Les cris des combattants n'ont-ils donc plus d'harmonie pour le gentil William, ou bien craint-il le danger de notre promenade?

— Tu me fais là une étrange question, Robin, répondit William en tournant vers son ami un regard chargé de tristesse. Demande au lévrier s'il aime poursuivre le cerf, au faucon s'il lui plaît de fondre du haut des nues sur le modeste passereau; mais ne me demande pas si je crains le danger.

— Ma question avait pour but de distraire ton esprit des sombres pensées qui l'occupent, cher Will, répondit Robin; ces sombres pensées ont terni l'éclat de tes yeux et jeté sur ton front une inquiétante pâleur. Tu as un chagrin, Will, un véritable chagrin, confie-le-moi, ne suis-je pas ton ami?

— Je n'ai pas de chagrin, Robin, je suis ce que j'étais hier et ce que je serai demain; tu me verras comme d'habitude, le premier au combat.

— Je ne doute nullement de ton courage, mon cher Will, mais je doute de la tranquillité de ton âme : quelque chose t'attriste, j'en suis convaincu. Sois franc avec moi, je puis peut-être t'être utile, porter avec toi le fardeau de tes peines, et par cela même les rendre moins lourdes. Si tu t'es mis en querelle avec quelqu'un, dis-le-moi, ton affaire sera la mienne.

— Le motif de ma tristesse n'est ni assez important ni assez sérieux, mon cher Robin, pour rester plus longtemps un mystère. Si j'avais pris la peine de réfléchir, je ne serais ni surpris ni affligé de ce qui m'arrive... Pardonne-moi mes hésitations, il y a en moi un sentiment qui, malgré ma volonté, ferme mon cœur à toute confidence. Est-ce orgueil ou timidité ? je l'ignore ; mais un ami tel que toi est un second soi-même. Tes questions trouvent souvent en moi un écho, ton amitié triomphe de ma fausse honte, je...

— Non, non, cher Will, interrompit vivement Robin ; garde ton secret : la souffrance a sa pudeur, et je te prie de me pardonner l'amicale importunité de mes interrogations.

— C'est à moi de demander pardon pour l'égoïsme de ma douleur, cher Robin, s'écria Will en saccadant ses paroles dans un éclat de rire plus triste que des pleurs. Je souffre, je souffre réellement, et je veux sonder devant toi la blessure qui a déchiré mon âme. Tu seras le confident de ma première souffrance comme tu as été le compagnon de mes premiers jeux ; car nous sommes plus étroitement liés par l'amitié que nous ne le serions par les liens du sang, et je veux être pendu, Robin, si mon affection pour toi n'est pas celle du plus tendre des frères.

— Tes paroles sont vraies, Will, l'affection nous a rendus frères. Où sont les jours de notre belle enfance ? Le bonheur dont nous jouissions alors ne reviendra plus.

— Le bonheur reviendra pour toi, Robin, mais sous d'autres formes ; il portera d'autres vêtements, un autre nom, mais il sera toujours le bonheur. Quant à moi, je n'espère plus rien, je ne désire plus rien, mon cœur est brisé. Tu sais, Robin, combien j'ai aimé Maude Lindsay... je ne trouve pas de paroles qui puissent te faire clairement comprendre l'invincible passion qui attachait ma vie au nom seul de cette jeune fille. Eh bien ! maintenant, je sais, je sais...

Une douloureuse crainte traversa l'esprit de Robin.

— Eh bien ! maintenant ? interrogea-t-il d'un ton plein d'anxiété.

— Lorsque tu es venu me chercher dans le jardin du hall, reprit William, j'étais auprès de

Maude, je venais de lui dire ce que je lui dis tous les jours depuis bien longtemps, que mon rêve le plus doux est de la donner pour fille à ma mère, pour sœur à mes sœurs. Je demandais à Maude si elle voulait essayer de m'aimer un peu, et Maude me répondait qu'avant de venir au hall de Gamwell elle avait disposé de son affection. Alors, Robin, j'ai vu se détruire toutes mes espérances, alors j'ai senti quelque chose se briser en moi : c'était mon cœur, Robin, c'était mon cœur ; tu le vois, je suis bien malheureux.

— Maude t'a-t-elle confié le nom de celui qu'elle aime ? demanda craintivement Robin.

— Non, répondit Will, elle m'a seulement dit que cet homme ne l'aimait pas. Comprends-tu cela, Robin ? Il existe un homme qui n'aime pas Maude et qui est aimé de Maude ! un homme que son regard cherche et qui fuit ce regard ! Ô l'insigne brute ! ô le misérable ! J'ai offert à Maude de m'emparer de lui, de le contraindre à donner l'amour qu'il refuse. Je lui ai offert de le battre à outrance, elle a refusé. Oh ! elle l'aime ! elle l'aime ! Après avoir achevé ce triste et pénible aveu, continua William, la pauvre et généreuse Maude m'a offert sa main. Je l'ai refusée. La raison, la loyauté, l'honneur ont imposé silence à mon amour... Dis adieu au rieur et joyeux Will, Robin, il est mort, bien mort.

— Allons, allons, William, un peu de courage, dit doucement Robin ; ton cœur est malade, il faut le soigner, il faut le guérir, et je veux en être le premier médecin. Je connais Maude mieux encore que tu ne la connais ; elle t'aimera un jour, si déjà elle ne t'aime. Je t'assure, William, que tu as fort mal interprété ses petites confessions de jeune fille : elles ont été dictées par un sentiment d'extrême délicatesse, elles devaient te faire comprendre les rigueurs passées et en même temps te rendre plus précieuse une offre aussi inconsidérément refusée. Crois-moi donc, William, Maude est une charmante fille, aussi honnête que belle, et vraiment digne de ton amour.

— J'en suis certain ! s'écria le jeune homme.

— Il ne faut point exagérer la profondeur des chagrins de miss Lindsay, mon ami, ni te tourmenter l'esprit de suppositions chimériques. Maude t'aime déjà beaucoup, j'en suis sûr, et un jour elle t'aimera plus encore.

— Le penses-tu, Robin, mon cher Robin ? s'écria Will, saisissant avec avidité cette lueur d'espoir.

— Oui, je le pense ; seulement fais-moi le plaisir de me laisser parler sans interruption ; je te le répète, et je te le répéterai toutes les fois que tu perdras courage, Maude t'aime ; l'offre de sa main n'était ni un dévouement ni un sacrifice, mais bien un élan du cœur.

— Je te crois, Robin, je te crois ! s'écria Will, et demain je demanderai à Maude si elle veut bien donner un enfant de plus à ma mère.

— Tu es un excellent garçon, William ; reprends donc courage, et doublons le pas, nous nous trouvons au moins à un quart de mille en arrière de nos compagnons, et franchement cette lenteur de marche ne nous donne pas un air fort martial.

— Tu as raison, mon ami, et je crois déjà entendre la voix grondeuse de notre général en chef.

Lorsque la petite troupe eut atteint l'endroit désigné par Gilbert comme étant propice à une embuscade, le vieillard posta ses hommes, donna à chacun de nouvelles et brèves explications, ordonna sur toute la ligne un profond silence, et vint lui-même se placer derrière un tronc d'arbre à quelques pas de Petit-Jean, dont les oreilles étaient déjà aux aguets.

Le cri d'un oiseau éveillé, le chant mélodieux du rossignol, les soupirs de la brise se jouant dans les feuilles troublaient seuls le calme silencieux de la nuit ; mais à ces indistincts murmures vint bientôt se joindre un bruit de pas encore éloigné, un bruit presque imperceptible et que l'ouïe seule des hommes de la forêt pouvait distinguer dans les rumeurs harmonieuses des plaintes du vent, de la voix de l'oiseau et du bruissement des feuilles.

— C'est un voyageur à cheval, dit Robin à mi-voix, je crois reconnaître le pas court et rapide d'un poney de nos pays.

— Ton observation est parfaitement juste, répondit Petit-Jean sur le même ton de prudence ; le survenant est un ami ou bien un passant inoffensif.

— Attention ! cependant.

— Attention ! se répétèrent les hommes les uns aux autres.

La personne qui excitait ainsi l'inquiète curiosité de la petite troupe continuait joyeuse-ment sa route ; elle chantait d'une voix forte une ballade composée en son propre honneur, et sans nul doute par elle-même.

— Malédiction sur toi ! s'écria tout à coup le chanteur en adressant à son cheval cette aimable parole. Eh ! quoi ! bête sans goût, lorsque des torrents d'harmonie s'échappent de mes lèvres, tu ne restes pas silencieuse, ravie, charmée ! Au lieu de dresser tes longues oreilles, de m'écouter avec une gravité convenable, tu tournes la tête de droite à gauche, tu mêles à la mienne ta voix fausse, gutturale et sans harmo-nie ! Mais tu es une femelle, et par conséquent tu as un naturel taquin, contrariant, entêté, opiniâtre. Si je désire te voir marcher d'un côté de la route, tu te diriges immédiatement vers une direction opposée, tu fais sans cesse ce que tu ne dois point faire, et tu ne fais jamais ce qu'il faut que tu fasses. Tu sais que je t'aime, effrontée, et c'est uniquement parce que tu as acquis la certitude de cette affection que tu veux changer de maître. Tu es comme elle, comme sont toutes les femmes enfin, capricieuse, inconstante, volontaire et coquette.

— Pour quelle raison déclames-tu ainsi contre les femmes, mon ami ? dit Petit-Jean, qui, silencieusement sorti de sa cachette, saisit à l'improviste les brides du cheval.

Fort peu effrayé, l'inconnu repartit :

— Avant de répondre, je serais bien aise de savoir le nom de celui qui arrête un homme paisible et inoffensif, le nom de celui qui ajoute à ce procédé de brigand l'impudence d'appeler son ami un homme qui lui est bien supérieur, ajouta fièrement l'étranger.

— Apprenez, sir clerc de Copmanhurst, car la bruyante criaillerie de vos chants m'a dit votre nom, que vous êtes arrêté, non par un brigand, mais par un homme fort difficile à intimider, et qui est placé au-dessus de vous à une hauteur égale à celle que vous donne pour l'instant votre cheval, répondit d'un ton calme et froid le neveu de sir Guy.

— Apprenez, sir chien de la forêt, car la grossièreté de vos manières me dit votre nom, que vous questionnez un homme peu habitué à répondre aux demandes importunes, un homme qui vous rossera d'importance si vous ne laissez retomber à l'instant les brides de son cheval.

— Les grands brailleurs sont toujours les petits faiseurs, répondit le jeune homme d'un ton plein de raillerie, et je vais répondre à vos menaces par la présentation d'un jeune forestier qui vous fera crier merci avec votre propre bâton.

— Me faire crier merci avec mon propre bâton ! s'écria l'étranger d'un ton furieux ; le cas serait rare, s'il n'était impossible. Amenez votre ami, amenez-le à l'instant.

En achevant de vociférer ces dernières paroles, le voyageur sauta à bas de son cheval.

— Eh bien ! où est-il, ce batailleur de profession ? continua l'étranger en jetant sur le jeune homme de furieux regards, où est-il ? Je veux lui fendre le crâne afin d'avoir ensuite le plaisir de vous châtier, nigaud aux longues jambes.

— Vite, Robin, dit Gilbert, vite, le temps presse : donne à ce bavard insolent une courte et bonne leçon.

En apercevant l'étranger, Robin saisit le bras de Petit-Jean, et lui dit à voix basse :

— Ne reconnais-tu donc pas ce voyageur ? C'est Tuck, le joyeux moine.

— Ah bah ! vraiment ?

— Oui ; mais ne dis rien, je désire depuis longtemps faire un tour de bâton avec ce brave Gilles, et comme le clair-obscur de la nuit me promet l'incognito, je veux abuser de cette bizarre rencontre.

Les formes élégantes et efféminées de Robin amenèrent un sourire narquois sur les lèvres de l'étranger.

— Mon garçon, dit-il en riant, es-tu sûr d'avoir le crâne épais et de pouvoir supporter sans en mourir la grêle de coups que mérite ton impudence ?

— Mon crâne est solide, quoiqu'il n'ait pas l'épaisseur du vôtre, sir étranger, répondit le jeune homme en parlant le dialecte de Yorkshire afin de dissimuler l'organe de sa voix ; néanmoins il résistera à vos coups, si toutefois ils ont l'adresse de l'atteindre, adresse que je mets en doute avec autant de hardiesse que vous mettez de forfanterie à la proclamer.

— Nous allons te voir à l'œuvre, jeune pie effrontée. Ainsi donc, assez de paroles, les faits sont plus éloquents. En garde !

Dans l'intention d'effrayer son jeune adversaire, Tuck fit avec son bâton un effrayant moulinet et parut vouloir diriger son premier coup dans les jambes de Robin ; mais le jeune homme, trop habile pour méconnaître les réelles intentions du moine, arrêta le bâton au moment où, guidé par une main sûre, il allait le frapper à la tête. Puis, non content de cette adroite parade, il asséna sur les épaules, les reins, et sur la tête de Tuck une grêle de coups, si rapide, si violente et si méthodiquement appliquée que le moine, abasourdi, moulu, les yeux aveuglés, demanda, non point merci, mais une suspension d'armes.

— Vous maniez assez bien le bâton, mon jeune ami, dit-il d'une voix haletante, tout en essayant d'en dissimuler la fatigue, et je m'aperçois que les coups rebondissent sans les meurtrir sur vos membres flexibles.

— Ils rebondissent lorsque je les reçois, messire, répondit gaiement Robin ; mais jusqu'à présent je ne connais pas le contact de votre bâton.

— C'est votre orgueil qui parle, jeune homme, car bien certainement je vous ai touché plus d'une fois.

— Vous avez donc oublié, moine Tuck, que ce même orgueil m'a de tout temps interdit le mensonge ? répondit Robin de sa voix naturelle.

— Qui êtes-vous ? s'écria le moine.

— Regardez mon visage.

— Ah ! par saint Benoît, notre bienheureux patron ! c'est Robin Hood, l'habile archer.

— Moi-même, joyeux Tuck.

— Joyeux Tuck, joyeux Tuck, oui, mais avant l'époque où tu m'as enlevé ma petite maîtresse, la jolie Maude Lindsay.

Ces paroles étaient à peine achevées qu'une main de fer se cramponnait avec violence autour du bras de Robin, et une voix furieuse murmurait sourdement :

— Ce moine dit-il vrai ?

Robin tourna la tête et vit, pâle, les lèvres tremblantes, les yeux injectés de sang, la figure effarée de Will.

— Silence, William, répondit doucement Robin, silence, je répondrai tout à l'heure à ta question. Mon cher Tuck, reprit le jeune homme, je n'ai point enlevé celle que vous nommez si légèrement votre maîtresse. Miss Maude, en digne et honnête fille, a repoussé un amour qu'elle ne pouvait partager. Sa sortie du château de Nottingham n'était point une faute, mais l'accomplissement d'un devoir : elle accompagnait sa maîtresse, lady Christabel Fitz-Alwine.

— Je n'ai point prononcé de vœux monastiques, Robin, répondit le moine en manière d'excuse, et j'aurais pu donner mon nom à miss Lindsay. Si la capricieuse fille a repoussé mon amour, j'en dois accuser votre joli visage, ou bien l'inconstance de cœur naturelle aux femmes.

— Fi donc ! moine Tuck, s'écria Robin, calomnier les femmes est une infamie ; pas un mot de plus ! Miss Maude est orpheline, miss Maude est malheureuse, miss Maude a droit au respect de tous.

— Hubert Lindsay est mort? s'écria tristement Tuck. Dieu veuille avoir son âme!

— Oui, Tuck, mort. Bien des choses étranges
se sont passées; je vous conterai tout cela plus
tard. En attendant la possibilité d'un long entretien, occupons-nous du motif qui amène notre
rencontre. Votre concours nous est nécessaire.

— En quoi? demanda Gilles.

— Je vais vous l'expliquer le plus brièvement
possible. Le baron Fitz-Alwine a fait brûler par
ses sbires la maison de mon père, comme vous
le savez; ma mère a été tuée au milieu de
l'incendie, et Gilbert veut venger sa mort. Nous
attendons ici le baron; il revient de l'étranger et
rentre à Nottingham. Notre intention est de
pénétrer ensuite par surprise dans l'intérieur
du château. Si vous avez envie d'échanger
quelques bons coups, en voilà l'occasion.

— Bravo! je ne refuse jamais un plaisir. Mais
tu n'espères pas que je pense remporter la
victoire, car notre corps d'armée n'est pas fort,
s'il ne se compose que de ces beaux garçons, de
toi et de moi.

— Mon père et une bande de vigoureux
forestiers sont en embuscade dans le taillis à
vingt pas de nous.

— Alors nous serons vainqueurs! s'écria le
moine en faisant tournoyer son bâton d'un air
enthousiasmé.

— Quelle route avez-vous suivie pour gagner la forêt, mon révérend père? demanda Petit-Jean.

— Celle de Mansfeld à Nottingham, mon frêle ami, répondit le moine. En vérité, ajouta-t-il, je ne pardonne point à mes yeux leur aveuglement, et je vous serre les mains de bon cœur, mon cher Petit-Jean.

Le neveu de sir Guy répondit avec affection aux amicales politesses du moine.

— N'avez-vous point rencontré sur votre route une cavalcade militaire? demanda le jeune homme.

— Une bande d'hommes arrivés de la terre sainte se rafraîchissait dans une auberge de Mansfeld; mais cette bande, toute disciplinée qu'elle paraît être, est composée d'hommes à moitié morts de fatigue, d'épuisement et de privations. Crois-tu qu'elle fasse partie du cortège qui accompagne le baron Fitz-Alwine?

— Oui, car ces croisés attendus au château de Nottingham sont des hommes à lui. Ainsi donc, à bientôt la rencontre des illustres personnages. Moine Tuck, il faut disparaître dans un fourré ou derrière un tronc d'arbre.

— Volontiers; mais où faut-il placer cette obstinée jument? Elle a autant de défauts qu'une fem... chut!... néanmoins je m'y suis attaché.

— Je vais la conduire dans un abri sûr; confiez-m'en le soin, et cachez-vous.

Petit-Jean lia le cheval par les reins à un arbre peu éloigné de la route, puis il vint rejoindre ses compagnons.

L'inquiétude nerveuse de Will ne lui avait point permis d'attendre un moment propice à une explication; il s'était emparé de Robin, et, bon gré, mal gré, le fougueux jeune homme avait contraint son ami à lui faire un récit détaillé des circonstances qui se rattachaient à la fuite du château de Nottingham.

Robin fut véridique, sincère et surtout généreux pour Maude.

Will écouta le cœur palpitant, et lorsque le jeune homme eut achevé son récit, il lui demanda:

— Est-ce tout?

— C'est tout.

— Merci!

Et les deux excellents cœurs se pressèrent l'un contre l'autre.

— Je suis son frère, dit Robin.

— Je serai son mari, s'écria William; et il ajouta gaiement: Allons nous battre!

Pauvre William!

L'attente des forestiers se prolongea fort avant dans la nuit, et ce ne fut que vers trois heures du matin qu'un hennissement de cheval retentit dans les profondeurs de la forêt. La jument de Tuck répondit gracieusement à cette voix de frère.

— Ma jeune demoiselle fait la coquette, dit Tuck ; est-elle solidement attachée, Petit-Jean ?

— Je le crois, répondit le jeune homme.

— Chut ! dit Robin, j'entends le pas des chevaux.

Quelques minutes après, une troupe qui ne faisait nullement un mystère de son approche, car les hommes moins fatigués que ne l'avait jugé Tuck riaient, causaient et chantaient, parut à l'entrée du carrefour.

Au même instant le petit cheval de Tuck se précipita hors du taillis, passa comme une flèche devant son maître, et galopa d'un air délibéré au-devant des soldats.

Le moine fit un mouvement pour s'élancer sur les traces de la déserteuse.

— Êtes-vous fou ? murmura Petit-Jean qui saisit le bras du moine ; un pas de plus et vous êtes mort.

— Mais ils me prendront mon petit poney, grommela Tuck ; laissez-moi, je vais...

— Silence, malheureux ! vous nous ferez découvrir ; les poneys ne sont pas rares ; mon oncle vous en donnera un.

— Oui, mais il n'aura pas été béni par l'abbé de notre couvent comme l'a été ma gentille Mary ; lâchez-moi à l'instant. Que signifie cette violence, ami tourelle ? Je veux mon cheval, je le veux, je le veux !

— Eh bien ! allez le chercher, s'écria Petit-Jean en poussant le moine ; allez, fanfaron étourdi, tête sans cervelle !

Tuck devint pourpre, ses yeux lancèrent des éclairs, et il dit d'une voix tremblante de colère :

— Écoutez, tour, clocher marchant, colonne ambulante, après le combat je vous rosserai cruellement.

— Ou bien vous serez rossé, répondit Petit-Jean.

Tuck s'élança sur la route, et, tout en courant vers les soldats, il vit sa jument caracoler, se cabrer, soulever autour d'elle des nuages de poussière et résister aux efforts de ceux qui voulaient mettre un frein à ses joyeuses folies.

Un soldat atteignit le poney avec sa lance ; mais le coup qu'il frappa lui fut rendu avec usure par Tuck, car le pauvre diable glissa de sa monture en jetant un cri de douleur.

— Mary, Mary, doucement, ma fille, cria Tuck ; viens à moi, mignonne, viens.

Cette voix connue fit dresser les oreilles au cheval ; il hennit joyeusement, et trotta aussitôt du côté de son maître.

— Comment, coquin ! s'écria le chef d'un ton furieux, tu massacres mes hommes !

125

— Respecte un membre de l'Église, répondit Tuck en appliquant sur la tête du cheval monté par le chef un violent coup de bâton.

L'animal bondit en arrière, le chef chancela et perdit les étriers.

— Ne vois-tu pas l'habit que je porte ? reprit Tuck d'un ton qu'il essayait de rendre imposant.

— Non ! rugit le chef, non ! je ne vois pas ton habit, mais bien ta hardiesse insolente. Sans respect pour l'un et sans merci pour l'autre, je te briserai le crâne.

Le coup de lance atteignit Tuck, et la douleur exaspéra si follement le bon frère qu'il se jeta sur le chef en criant d'une voix de stentor :

— À moi les Hood ! les Hood à moi ! à moi !

Les clameurs de Tuck n'épouvantèrent pas le chef. Sa troupe, composée d'une quarantaine d'hommes, pouvait le secourir au moindre signe, et, quelque adroit et vigoureux que fût le moine, c'était un ennemi facile à vaincre.

— Arrière, coquin ! s'écria-t-il d'une voix terrible, arrière !

Et sa lance repoussa Tuck, tandis que, violemment enlevé par son cavalier, le cheval se jetait au-devant du moine.

Le bénédictin fit un bond prodigieux, et, d'un formidable coup de bâton, fendit la tête du chef.

Vingt lances et autant d'épées menacèrent la vie de l'intrépide moine.

— Au secours, les Hood! au secours! vociféra Tuck en s'acculant comme un lion contre le tronc d'un arbre.

— Hourra! hourra pour les Hood, s'écrièrent furieusement les forestiers, hourra! hourra!

Et la troupe commandée par Gilbert s'élança comme un seul homme au secours du moine.

En voyant courir sur eux cette bande armée et aux intentions hostiles, les soldats jetèrent un cri de ralliement, enveloppèrent la route dans toute sa largeur, et se préparèrent à renverser l'ennemi sous le pied des chevaux.

Une volée de flèches arrêta l'essor de cette première défense, et une demi-douzaine de soldats tombèrent blessés à mort sur le champ de bataille.

En s'apercevant que le nombre des ennemis était bien supérieur à sa petite troupe, Gilbert lui ordonna de s'appuyer sur le bas-côté de la route, afin d'y trouver la protection des ténèbres et le rempart des arbres.

Cette habile manœuvre livrait les soldats aux atteintes mortelles des flèches, car les forestiers ne manquaient point leur but, tant l'habitude leur avait donné de précision et d'adresse.

— Pied à terre! cria l'homme qui, de sa propre autorité, avait pris la place du chef.

Les croisés obéirent, et la troupe de Gilbert s'élança bravement au-devant d'eux. Ce fut alors un combat corps à corps, un combat meurtrier où la force commandait en reine.

— Hood! Hood! criaient les forestiers, vengeance! vengeance!

— Point de quartier! À bas les chiens saxons! à bas les chiens! vociféraient les soldats.

— Gare aux dents de ces chiens! cria Will en clouant une flèche sur la poitrine d'un gaillard qui venait de hurler ce cri de mort.

Petit-Jean, Robin et Gilbert se battaient du même côté, les Gamwell accomplissaient des merveilles d'adresse et de courage; quant au vigoureux moine, chaque coup de son prodigieux bâton terrassait un homme.

William courait comme un cerf d'un côté et de l'autre, culbutant un soldat par-ci, fendant la tête à un autre par-là, mais veillant surtout au salut de ses amis, veillant sur Robin, qu'à deux reprises différentes il sauva d'un danger presque mortel.

En dépit de tous ces efforts, en dépit du courage particulier de chacun et de la force combinée d'une résistance générale, le résultat victorieux du combat était visiblement du côté de la troupe appartenant au baron. Cette troupe bien disciplinée, rompue aux fatigues et d'une force double de celle des forestiers, regagnait de minute en minute le terrain qu'elle avait perdu en engageant le combat. Petit-Jean jugea d'un regard la situation presque désespérée, et du moment que l'effusion du sang ne devenait plus qu'un inutile carnage, il fallait y mettre une trêve. Mais n'osant agir sans l'autorisation de Gilbert, le jeune homme s'élança à sa recherche.

Les prouesses de William avaient attiré sur lui l'attention de quatre soldats réunis en conseil pour s'emparer d'un chef des forestiers. Ils jugèrent au nombre des chefs le tendre amoureux de la jolie Maude, et, malgré son énergique résistance, ils parvinrent à le terrasser. Robin vit le résultat de l'attaque, et, ne consultant que son bon cœur, il traversa d'un coup de lance la poitrine d'un homme, releva William d'une main vigoureuse, et, appuyé par son ami, tenta vers le corps des forestiers, déjà rassemblés par Petit-Jean, une victorieuse retraite.

Le danger couru par Will semblait être conjuré, il allait, toujours soutenu par Robin, gagner le groupe ami qui formait un rempart devant les soldats, lorsqu'un cri de Robin, un cri de furieux désespoir, fit perdre de vue au jeune homme les soldats qui n'avaient pas succombé dans la lutte.

— Mon père ! mon père ! criait Robin, ils vont tuer mon père !

Le jeune archer s'élança au secours de Gilbert, et William, ressaisi, entraîné, n'eut que le temps de voir tomber Robin à genoux devant Gilbert, dont le crâne avait été fendu par un coup de hache.

Au milieu des clameurs soulevées par la mort du vieillard, par la prompte vengeance qu'en tira Robin en tuant le soldat meurtrier, l'enlèvement de Will passa inaperçu.

Le combat, ralenti un instant, redevint plus terrible. Robin et Tuck frappaient de mort tous ceux qui cherchaient à les atteindre, et Petit-Jean mit à profit l'ivresse désespérée du jeune homme pour faire enlever le corps de Gilbert.

Un quart d'heure après le départ du triste cortège, Robin cria d'une voix forte :

— Au bois, mes garçons !

Les forestiers se dispersèrent comme une bande d'oiseaux surpris, et les soldats s'élancèrent à leur poursuite en criant :

— Victoire ! victoire ! chassons les chiens ! tuons les chiens !

— Les chiens ne se laisseront pas tuer sans mordre, cria Robin, et les arcs tendus envoyèrent des flèches meurtrières.

La dangereuse poursuite devint bientôt impossible, et les soldats eurent le bon sens de s'en apercevoir.

Six hommes manquaient à la troupe de Petit-Jean, Gilbert Head était mort, et William faisait partie des absents.

— Je n'abandonnerai pas William, dit Robin en arrêtant la troupe ; poursuivez votre chemin, mes braves ; quant à moi, je vais à la recherche de Will : blessé, mort ou prisonnier, il faut que je le retrouve.

— Je t'accompagne, dit aussitôt Petit-Jean.

Les hommes continuèrent leur route, et les deux jeunes gens reprirent en toute hâte le chemin qu'ils venaient de parcourir.

Le champ de bataille n'offrit plus à leurs regards aucune trace de combat. Les morts, forestiers ou soldats, avaient tous disparu. Quelques piétinements de chevaux indiquaient çà et là le passage d'une troupe nombreuse, mais rien de plus : tronçons d'arbres, bois de flèches et autres vestiges de lutte, les croisés avaient tout recueilli, tout emporté.

Cependant un être vivant errait dans le carrefour, jetant de droite et de gauche les regards intelligents d'une inquiète recherche : cet être était le cheval du moine.

À la vue des deux jeunes gens, le poney trotta de leur côté d'un air de satisfaction ; mais, en reconnaissant celui qui l'avait attaché, il hennit, se cabra et disparut.

— La douce Mary s'est émancipée, dit Petit-Jean, et bien certainement elle sera avant le jour la propriété d'un hors-la-loi.

— Essayons de nous en emparer, dit Robin ; avec son secours il me sera peut-être possible de rejoindre les soldats.

— Et de te faire tuer par eux, mon ami, répondit sagement le neveu de sir Guy ; la démarche serait, je te l'assure, aussi inutile qu'imprudente ; retournons au hall, demain nous aviserons.

— Oui, retournons au hall, dit Robin, un douloureux devoir m'y rappelle aujourd'hui même.

Le surlendemain de cette funeste journée, le corps de Gilbert, sur lequel Tuck avait pieusement prié, fut enseveli et prêt à être transporté à sa dernière demeure.

Robin, resté seul, à son instante demande, auprès des restes chéris du bon vieillard, pria avec ferveur pour le repos de celui qui l'avait tant aimé.

— Adieu pour toujours, mon père chéri, dit-il, adieu, vous qui avez reçu dans votre maison l'enfant étranger et sans famille ; adieu, vous qui avez noblement donné à cet enfant une mère tendre, un père dévoué, un nom sans tache, adieu, adieu, adieu !... La séparation mortelle de nos corps ne sépare point nos âmes. Ô mon père ! vous vivrez éternellement dans mon cœur, vous y vivrez aimé, respecté, honoré à l'égal de Dieu. Ni le temps, ni les misères de la vie, ni même le bonheur n'affaibliront ma filiale tendresse. Vous m'avez souvent dit, ô mon vénéré père! que l'âme des bons garde et protège ceux qu'elle a aimés. Veillez sur votre fils, sur celui auquel vous avez donné un nom qu'il conservera toujours digne de vous. Je vous le jure, père, ma main dans votre main, le regard vers le ciel, je vous le jure, Robin Hood ne commettra jamais une action, bonne qu'elle ne soit guidée par vous, mauvaise qu'elle ne soit tempérée par des souvenirs de votre loyale justice.

Quelques minutes de calme succédèrent à ces paroles, puis le jeune homme se leva, appela ses amis, et, tête nue, suivi de tous les membres de la famille Gamwell, il accompagna les restes mortels du vieux forestier.

Derrière le triste cortège marchait Lincoln, plus pâle que le mort, puis un chien boiteux, un pauvre chien que personne ne voyait, auquel personne ne songeait, un pauvre chien fidèle jusqu'à l'exil de la tombe.

Lorsque le corps, tout habillé et enseveli dans un drap, fut couché sur son dernier lit de repos, lorsque les armes de Gilbert eurent été déposées auprès de lui, le bon vieux Lance se glissa jusqu'au bord de la fosse, hurla tristement et se jeta sur le corps.

Robin voulut enlever le chien.

— Laissez le serviteur auprès du maître, sir Robin, dit gravement Lincoln, maître et chien sont morts.

Le domestique avait dit vrai, Lance n'existait plus.

La tombe fermée, Robin resta seul, car les grandes douleurs ne veulent ni consolations ni témoins.

Le soleil s'était couché dans un manteau de pourpre, les premières étoiles scintillaient au ciel, les doux rayons de la lune venaient éclairer la solitude de Robin au moment où deux ombres blanches apparurent à quelques pas du jeune homme.

Le léger contact de deux mains simultanément posées sur ses épaules arracha Robin à cette torpeur du désespoir, plus triste que des sanglots.

Il leva la tête et vit à ses côtés Maude en pleurs et Marianne pensive.

— L'espérance, le souvenir et mon affection vous restent, Robin, dit Marianne d'une voix émue. Si Dieu donne la douleur, il donne également la force de la supporter.

— Je couvrirai la tombe des fleurs du souvenir, Robin, dit Maude, et nous parlerons ensemble de celui qui n'est plus.

— Merci, Marianne, merci, Maude, répondit Robin.

Et, ne pouvant exprimer par des paroles sa profonde reconnaissance, le jeune homme se leva, pressa les mains de Maude, s'inclina devant Marianne, et s'éloigna précipitamment.

Les deux jeunes filles s'agenouillèrent à la place que Robin venait de quitter et se mirent silencieusement à prier.

VI

Le lendemain, aux premières heures du jour, Robin et Petit-Jean entraient dans une auberge de la petite ville de Nottingham, afin d'y prendre leur premier repas. La salle de cette auberge était remplie pour le moment d'une quantité de soldats appartenant, ainsi que l'indiquait leur costume, au baron Fitz-Alwine.

Tout en déjeunant, les deux amis prêtaient une oreille attentive à la conversation des soldats.

— Nous ne savons pas encore, disait un des hommes du baron, à quel genre d'ennemis les croisés ont eu affaire. Sa Seigneurie suppose que ce sont des hors-la-loi qui les ont attaqués, ou bien encore des vassaux guidés par un de ses ennemis. Fort heureusement pour monseigneur, son arrivée au château avait été retardée de quelques heures.

— Les croisés feront-ils un long séjour au château, Geoffroy ? demanda le maître du logis à celui qui parlait.

— Non, ils partent demain pour Londres, où ils vont conduire les prisonniers.

Robin et Petit-Jean échangèrent un éloquent regard.

Quelques paroles indifférentes pour nos deux amis suivirent cette réponse ; puis les soldats continuèrent à boire et à jouer.

— William est au château, murmura Robin d'une voix presque insaisissable ; il faut ou aller l'y chercher ou attendre sa sortie, il faut enfin user de force, de ruse, d'adresse, en un mot le rendre libre.

— Je suis prêt à tout, dit Petit-Jean du même ton.

Les deux jeunes gens quittèrent leur siège, et Robin paya l'hôte.

Au moment où les deux amis traversaient le cercle formé par les soldats, afin de gagner la porte, l'individu désigné sous le nom de Geoffroy dit à Petit-Jean :

— Par saint Paul ! mon ami, ton crâne me paraît avoir une singulière sympathie pour les solives du plafond, et si ta mère peut te baiser les joues sans te faire agenouiller à ses pieds, elle mérite un grade dans le corps des croisés.

— Ma haute stature offense-t-elle tes regards, sir soldat ? répondit Petit-Jean d'un ton de condescendance.

— Elle ne m'offense nullement, superbe étranger ; mais je dois te dire en toute franchise qu'elle me surprend beaucoup. Jusqu'à présent je m'étais cru l'homme le mieux découplé et le plus vigoureux du comté de Nottingham.

— Je suis heureux de pouvoir te donner une visible preuve du contraire, répondit gracieusement Petit-Jean.

— Je parie un pot d'ale, reprit Geoffroy en s'adressant à l'assemblée, que, en dépit de cette apparence de vigueur, l'étranger serait incapable de me toucher avec un bâton.

— Je tiens le pari, cria un des assistants.

— Bravo ! riposta Geoffroy.

— Mais, en vérité, s'écria à son tour Petit-Jean, tu ne me demandes même pas si j'accepte le défi ?

— Tu ne saurais refuser un quart d'heure de plaisir à celui qui, sans te connaître, a parlé pour toi, dit l'homme qui avait agréé la demande de Geoffroy.

— Avant de répondre à l'amicale proposition qui m'est faite, répliqua Petit-Jean, je voudrais donner à mon adversaire le léger avertissement que voici : Je ne suis point orgueilleux de ma force, cependant je dois dire que rien ne lui résiste ; je dois dire encore que vouloir lutter avec moi, c'est vouloir chercher une défaite, quelquefois un malheur, souvent une blessure d'amour-propre. Je n'ai jamais été vaincu.

Le soldat se mit bruyamment à rire.

— Tu es à mes yeux le plus grand fanfaron de la terre, sir étranger, cria-t-il d'un ton narquois, et si tu ne veux pas que j'ajoute la qualification de lâche à celle d'orgueilleux, tu vas consentir à te battre avec moi.

— Puisque tu le veux absolument, ce sera de tout mon cœur, maître Geoffroy. Mais avant de te donner les preuves de ma force, permets-moi de dire quelques mots à mon compagnon. Une fois libre de mon temps, je te promets de l'utiliser de manière à te corriger sagement de ton défaut d'impudence.

— Tu ne vas pas t'éloigner au moins ? demanda Geoffroy d'une voix railleuse.

Les assistants éclatèrent de rire.

Blessé au vif par cette insolente supposition, Petit-Jean s'élança vers le soldat.

— Si j'étais normand, dit le jeune homme d'une voix pleine de colère, je pourrais agir ainsi : mais je suis saxon. Si je n'ai pas accepté sur-le-champ ton offre belliqueuse, c'est par bonté. Eh bien ! puisque tu te moques de mes scrupules, stupide bavard, puisque tu me dégages de toute commisération pour toi, appelle l'hôte, paye ton ale et demande des bandages ; car, aussi vrai que tu donnes le nom de tête à la vilaine bosse qui se balance entre tes deux épaules, tu en auras tout à l'heure grandement besoin. Mon cher Robin, dit Petit-Jean en rejoignant son ami, arrêté à quelques pas à l'extérieur de l'auberge, rends-toi dans la maison de Grâce May, où sans nul doute tu rencontreras Hal. Il serait dangereux pour toi et surtout très compromettant pour le salut de Will que tu fusses reconnu par un serviteur du château. Je suis obligé de répondre à l'intempestive bravade de ce soldat ; la réponse sera courte et bonne, sois-en bien certain, et va te mettre à l'abri de toute fâcheuse rencontre.

Robin obéit à contrecœur aux sages conseils de Petit-Jean, car il va sans dire qu'il eût trouvé un véritable plaisir au spectacle d'une lutte dans laquelle son ami devait facilement triompher.

Lorsque Robin eut disparu, Jean rentra dans l'auberge. La réunion des buveurs s'était considérablement augmentée, car la nouvelle d'une bataille entre Geoffroy le Fort et un étranger qui ne lui cédait en rien comme vigueur et comme audace avait déjà traversé la petite ville et appelé les amateurs de ce genre de combat.

Après avoir parcouru la foule d'un regard indifférent et tranquille, Petit-Jean s'approcha de son adversaire.

— Je suis à ta disposition, sir Normand, dit-il.

— Et moi à la tienne, répondit Geoffroy.

— Avant de commencer la lutte, ajouta Petit-Jean, je désire connaître la politesse de l'ami généreux qui, sur une habileté inconnue, s'est exposé à perdre un pari. Je veux donc, en réponse à la courtoisie de sa confiance, mettre cinq schillings en jeu et parier que non seulement je te ferai mesurer la terre de toute la longueur de ton corps, mais encore que je te frapperai à la tête avec mon bâton. Celui qui gagnera les cinq schillings offrira des liqueurs à l'aimable assemblée.

— J'y consens, répondit Geoffroy avec gaieté, et même j'offre à mon tour de doubler la somme si tu parviens à me blesser ou à me renverser.

— Hourra! crièrent les spectateurs, qui dans cet arrangement des choses gagnaient encore et n'avaient rien à perdre.

Tumultueusement accompagnés par la foule, les deux adversaires sortirent de la salle et allèrent se placer en face l'un de l'autre, au centre d'une vaste pelouse dont l'épais tapis convenait admirablement à la circonstance.

Les spectateurs formèrent un large cercle autour des combattants, et un profond silence succéda au bruit.

Petit-Jean n'avait fait aucun changement dans son costume; il s'était contenté d'enlever ses armes et d'ôter ses gants; mais Geoffroy avait mis plus de soin dans ses dispositions. Débarrassé de la plus lourde partie de ses vêtements, il se montrait la taille étroitement serrée dans un pourpoint de couleur sombre.

Les deux hommes s'examinèrent un instant avec une persistante fixité. La figure de Petit-Jean présentait une expression calme et souriante ; celle de Geoffroy révélait en dépit de lui-même une vague inquiétude.

— J'attends, dit le jeune homme en saluant le soldat.

— Je suis à vos ordres, répondit Geoffroy avec non moins de politesse.

Par un mouvement simultané, les deux hommes se tendirent la main, et une étreinte cordiale les réunit pendant une seconde.

La lutte commença. Nous n'entreprendrons pas de la décrire, nous dirons seulement qu'elle ne fut pas de longue durée. En dépit des vigoureux efforts d'une énergique résistance, Geoffroy perdit l'équilibre, et, par un mouvement d'une force inouïe et d'une adresse jusqu'alors restée sans exemple, Petit-Jean lança son adversaire par-dessus sa tête, et l'envoya rouler à vingt pas de lui.

Le soldat, exaspéré de cette honteuse défaite, se releva au bruit des clameurs joyeuses de tous les assistants, qui criaient en jetant leurs bonnets en l'air :

— Hourra ! hourra pour le beau forestier !

— J'ai gagné honnêtement la première partie de notre enjeu, sir soldat, dit Petit-Jean, et je suis tout disposé à commencer la seconde.

Pourpre de colère, Geoffroy répondit à cette demande par un signe affirmatif.

Les bâtons respectifs des deux hommes furent mesurés, et la lutte se continua, plus vive, plus acharnée, plus ardente.

Geoffroy fut encore une fois vaincu.

Les bravos enthousiastes de la foule célébrèrent les triomphantes prouesses de Jean, et un flot d'ale ruissela dans les verres en l'honneur du grand forestier.

— Sans rancune, vaillant soldat, dit Jean en tendant la main à son adversaire.

Geoffroy refusa l'offre amicale qui lui était faite, et dit d'un ton amer :

— Je n'ai besoin ni du secours de ton bras ni des offres de ton amitié, sir forestier, et je t'engage à mettre moins d'orgueil dans tes manières. Je ne suis pas homme à supporter tranquillement la honte d'un échec, et si les devoirs de mon service ne me rappelaient au château de Nottingham, je te rendrais coup pour coup les horions reçus.

— Voyons, mon brave ami, repartit Jean qui appréciait à sa valeur le courage réel du soldat, ne te montre ni mécontent ni jaloux. Tu as succombé devant une force supérieure à la tienne : le mal n'est pas grand, et tu trouveras, j'en suis sûr, les moyens de relever ta réputation de vigueur, de sang-froid et d'adresse. Je me fais un plaisir de reconnaître, et permets-moi de le proclamer, que tu es non seulement très fort dans l'art de manier le bâton, mais encore l'athlète le plus difficile à terrasser que puisse désirer un cœur ferme et un bras vaillant. Ainsi accueille sans arrière-pensée l'offre de ma main, elle t'est tendue avec une loyauté pleine de franchise.

Ces paroles, prononcées avec une expression de réelle bienveillance, parurent émouvoir le rancunier Normand.

— Voici ma main, dit-il en la présentant au jeune homme ; elle demande à la tienne une étreinte d'ami. Maintenant, bon jeune homme, ajouta Geoffroy d'une voix doucereuse, accorde-moi la grâce de connaître le nom de mon vainqueur.

— Je ne puis pour le moment accorder ce que tu me demandes, maître Geoffroy ; plus tard je me ferai mieux connaître.

— J'attendrai ton bon plaisir, étranger ; mais, avant de te laisser sortir de cette auberge, je crois qu'il est de mon devoir de te confier qu'en me qualifiant de normand tu commets une erreur : je suis saxon.

— Ma foi ! répondit gaiement Petit-Jean, je suis très enchanté d'apprendre que tu appartiens à la plus noble race du sol anglais ; cela redouble l'estime et la sympathie que tu m'inspires. Nous nous reverrons bientôt, et je serai avec toi plus communicatif et plus confiant. Maintenant au revoir, les affaires qui m'ont appelé à Nottingham exigent mon départ.

— Comment! tu songes déjà à me quitter, noble forestier? Je ne le souffrirai pas, je vais t'accompagner là où tu as besoin de te rendre.

— Je vous en prie, sir soldat, laisse-moi la liberté d'aller rejoindre mon compagnon, j'ai déjà perdu un temps précieux.

La nouvelle du départ de Petit-Jean courut de bouche en bouche, et elle souleva un véritable tumulte.

Vingt voix prièrent:

— Étranger, nous allons te suivre, nous voulons proclamer partout ta grandeur d'âme et ta vaillance.

Fort peu désireux de recevoir les témoignages menaçants de cette soudaine popularité, Petit-Jean, qui voyait approcher avec une réelle crainte l'heure fixée pour son rendez-vous avec Robin, dit vivement à Geoffroy:

— Veux-tu me rendre un service?

— De tout mon cœur.

— Eh bien! aide-moi à me débarrasser honnêtement de ces braillards d'ivrognes. Je désire pouvoir m'éloigner sans attirer l'attention.

— Très volontiers, répondit Geoffroy; puis il ajouta après un instant de réflexion: Il n'y a, pour réussir, qu'un seul moyen à employer.

— Lequel?

— Voici: accompagne-moi au château de Nottingham, ils n'oseront pas nous suivre au-delà du pont-levis. De l'intérieur du château je te conduirai à un chemin désert qui, par une voie détournée, te ramènera à l'entrée de la ville.

— Comment ! s'écria Petit-Jean, il n'est pas possible de trouver un autre moyen pour me délivrer de la compagnie de ces imbéciles ?

— Je n'en vois pas d'autre. Tu ne connais pas, mon homme, la sotte vanité de ces bavards ; ils te feraient cortège, non pour toi-même, mais pour être vus en ta compagnie, et afin de pouvoir dire à leurs voisins, à leurs parents, à leurs connaissances : «J'ai passé deux heures avec le vaillant garçon qui a battu Geoffroy le Fort ; il est de mes amis, nous sommes entrés en ville ensemble il y a quelques instants ; d'ailleurs vous avez dû me voir, j'étais à sa droite, ou à sa gauche, etc., etc.»

Petit-Jean se vit, bien à contrecœur, obligé de suivre le conseil que lui donnait Geoffroy.

— J'accepte ta proposition, lui dit-il ; éloignons-nous sans retard.

— Je suis à toi dans une seconde. Mes amis, cria Geoffroy, il faut que je rentre au château ; ce digne forestier m'y accompagne. Je vous prie donc de nous laisser tranquillement sortir ; s'il arrive que l'un de vous se permette de nous suivre, même à une distance de vingt pas, je regarderai sa démarche comme une insolente bravade, et, par saint Paul ! je l'en ferai cruellement repentir.

— Mais, hasarda une voix, ma maison se trouve sur le chemin que vous allez suivre, et je suis obligé de rentrer chez moi.

— Tu n'y seras obligé que dans dix minutes, repartit Geoffroy. Ainsi, bonjour à tous, et amitié à chacun.

Cela dit, Geoffroy sortit de la salle, et un formidable hourra accompagna Petit-Jean jusqu'au seuil de la porte.

Ce fut ainsi que Petit-Jean pénétra dans la seigneuriale demeure du baron Fitz-Alwine.

Après avoir quitté Petit-Jean, Robin s'était dirigé vers la demeure de Grâce May. La jolie fiancée de Hal était une inconnue pour Robin en ce sens qu'il n'avait jamais autrement que par les yeux de son jeune ami admiré les charmes de la belle enfant, et si nous devons parler avec le cœur de Robin, il est nécessaire d'ajouter qu'un sentiment de vive curiosité l'attirait vers la maison de Grâce May.

Il frappa longtemps à la porte sans attirer la moindre attention ; puis, fatigué d'attendre, il se prit à chantonner à mi-voix le refrain d'une romance qui lui avait été apprise par son père.

Aux premiers murmures de ce chant mélancolique, un pas vif et précipité réveilla l'écho endormi de la vieille maison, et la porte brusquement ouverte donna passage à une jeune demoiselle qui, sans prendre le temps de regarder le visiteur, s'écria d'un ton joyeux :

— Je savais bien, mon cher Hal, que vous viendriez ce matin ; j'ai dit à ma mère... Ah ! pardon, messire, ajouta la vive jeune fille, qui n'était autre que Grâce May, pardon mille fois.

Tout en adressant ces excuses à Robin, Grâce rougissait jusqu'au blanc des yeux, et la vivacité irréfléchie de ses mouvements motivait cette rougeur, car elle s'était jetée dans les bras de Robin.

— C'est à moi, mademoiselle, répondit le jeune homme d'une voix très douce, de vous demander pardon de n'être pas celui que vous attendez.

Confuse et embarrassée, Grâce May ajouta :

— Puis-je savoir, messire, à quelle cause je dois attribuer l'honneur de votre visite ?

— Mademoiselle, répondit Robin, je suis un ami d'Halbert Lindsay, et je désire le voir. Un motif sérieux et qu'il serait trop long de vous expliquer ne me permet pas d'aller chercher Hal au château ; je vous serais donc fort obligé si vous vouliez m'accorder la permission d'attendre ici sa venue.

— Très volontiers, messire ; les amis de Hal sont toujours des hôtes choyés dans la maison de ma mère ; entrez, je vous prie.

Robin s'inclina courtoisement devant Grâce et pénétra avec elle dans une vaste salle du rez-de-chaussée.

— Avez-vous déjeuné, messire? demanda la jeune fille.

— Oui, mademoiselle, je vous remercie.

— Permettez-moi de vous offrir un verre d'ale, nous en avons d'excellente.

— J'accepte afin d'avoir le plaisir de boire au bonheur de Hal, mon heureux ami, dit galamment Robin.

Les yeux de la jolie Grâce étincelèrent de gaieté.

— Vous êtes courtois, messire, dit-elle.

— Je suis un sincère admirateur de la beauté, miss, rien de plus.

La jeune fille rougit.

— Venez-vous de loin? demanda-t-elle comme pour donner un cours à la conversation.

— Oui, mademoiselle, j'arrive d'un petit village qui est situé dans les environs de Mansfeld.

— Du village de Gamwell? ajouta vivement Grâce.

— Précisément. Vous connaissez ce village? interrogea Robin.

— Oui, messire, répondit la jeune fille en souriant, je le connais parfaitement bien, et cependant je n'y suis jamais allée.

— Comment se fait-il alors...?

— Oh! c'est bien simple: la sœur de lait d'Halbert, miss Maude Lindsay, habite le château de sir Guy. Halbert va très souvent rendre visite à sa sœur, et au retour il me parle d'elle, il me raconte les nouvelles du pays; il m'apprend ainsi, ajouta gracieusement la jeune fille, à connaître et à aimer les hôtes de sir Guy. Parmi ces hôtes, il y en a un dont Halbert me parle avec beaucoup d'amitié.

— Lequel? demanda le jeune homme en riant.

— Vous-même, messire; car, si ma mémoire est fidèle, je puis en toute confiance vous saluer du nom de Robin Hood. Hal m'a fait de vous un portrait si ressemblant qu'il est impossible de s'y tromper. Il m'a dit, continua avec volubilité la vive jeune fille, «Robin Hood est grand, bien fait, il a de grands yeux noirs, des cheveux magnifiques, un air noble.»

Un sourire de Robin arrêta l'expansive description de Grâce May; elle se tut et baissa les yeux.

— Le bon cœur de Hal lui a donné relativement à moi une grande indulgence d'appréciation, mademoiselle; mais il a été plus sévère à votre égard, et je m'aperçois que tout ce qu'il m'a dit de vous manque de vérité.

— Il n'a cependant rien dit qui puisse me blesser, j'en suis certaine, repartit Grâce avec cette admirable confiance de l'amour partagé.

— Non, il m'a dit que vous étiez une des plus charmantes personnes de tout le comté de Nottingham.

— Et vous n'avez pas ajouté foi à sa parole ?

— Pardonnez-moi, mais je viens de m'apercevoir que j'avais eu le grand tort d'y croire.

— Eh bien ! s'écria gaiement la jeune fille, je suis enchantée de vous entendre parler sincèrement.

— Très sincèrement. Je vous disais tout à l'heure que Hal s'était montré sévère à votre égard, j'ai ajouté qu'en vous nommant une des plus charmantes femmes de tout le comté Hal était dans son tort.

— Oui, messire ; mais il faut pardonner l'exagération à un cœur favorablement prévenu.

— Il n'y a pas exagération, mademoiselle, il y a aveuglement, car vous n'êtes pas une des plus jolies femmes de tout le comté, mais bien la plus jolie.

Grâce se mit à rire.

— Permettez-moi, repartit-elle, de ne voir dans vos paroles qu'une bienveillante galanterie, et je suis sûre que si j'avais la folie de les croire sincères, vous penseriez que je suis une petite sotte. Maude Lindsay est d'une beauté accomplie, au-dessus de Maude il y a au château de Gamwell une jeune dame que bien certainement vous trouvez cent fois plus jolie que Maude, mille fois plus jolie que moi ; seulement, messire, vous êtes aussi discret que vous êtes galant, et vous n'osez dire ouvertement ce que vous pensez.

— Je ne redoute jamais de parler avec franchise, mademoiselle, répondit Robin, et je dis la vérité en vous assurant que vous êtes, dans votre genre de beauté, supérieure à toutes les jeunes filles de Nottingham. La jeune dame à qui vous faites allusion a comme vous droit au premier rang dans le type de son gracieux visage. Mais il me semble que notre conversation aborde la flatterie, ajouta Robin, et je ne veux pas que mon ami Hal puisse m'accuser de vous faire des compliments.

— Vous avez raison, messire, causons en amis.

— C'est cela. Eh bien! miss Grâce, répondez franchement à la question que je vais vous adresser. Comment se fait-il que, sans prendre même le temps de regarder mon visage, vous vous soyez jetée dans mes bras?

— Votre question est tout à fait embarrassante, sir Robin, dit Grâce, je vais cependant y répondre. Vous fredonniez un air qui est toujours dans la bouche de Hal, et naturellement, j'ai cru reconnaître sa voix. Hal est un ami d'enfance, nous avons pour ainsi dire été élevés ensemble sur les genoux de ma mère; j'ai avec Hal des familiarités de sœur, nous nous voyons tous les jours. Cela vous explique

pourquoi je me suis montrée si vive. Excusez-
moi, je vous prie.

— Comment donc, miss Grâce, vous n'avez
nullement besoin de vous excuser. Maintenant
que j'ai eu le plaisir de vous voir, je suis prêt à
envier le bonheur de Hal, et je ne m'étonnerai
plus désormais de l'entendre s'écrier qu'il est le
plus heureux garçon de la terre.

— Sir Robin, repartit gaiement la jeune fille,
je vous prends une fois encore en flagrant délit
de mensonge. Ce bonheur que vous êtes si près
d'envier, vous ne l'échangeriez pas pour celui
qui est le mobile de toutes vos espérances.

— Ma charmante Grâce, répondit tranquillement Robin, lorsqu'il arrive à un homme ou à
une femme de placer son affection dans un
cœur honnête, il ne l'y reprend jamais, et je suis
certain que, s'il me venait à l'esprit de chercher
à supplanter Halbert dans votre cœur, vous ne
voudriez pas de moi.

— Oh! non, riposta naïvement Grâce; mais,
ajouta-t-elle en riant, je ne voudrais pas révéler
à Halbert le fond réel de ma pensée, il en serait
trop fier.

La conversation aussi joyeusement commen-
cée se prolongea encore pendant une heure.

— Il me semble, dit tout à coup Robin, que
Hal se fait attendre; les amoureux sont
toujours impatients et précèdent d'ordinaire
l'heure du rendez-vous.

— Et c'est bien naturel, n'est-ce pas, messire ? dit Grâce.

— Très naturel.

Enfin un coup de marteau retentit à la porte ; l'air chanté par Robin se fit entendre, et Grâce, après avoir jeté au jeune homme un regard qui semblait lui dire : «Vous le voyez, mon erreur était bien pardonnable», s'élança rapidement à la rencontre du nouveau venu.

La présence de Robin n'empêcha point la pétulante demoiselle de gronder Hal sur l'heure tardive de son arrivée, et de l'embrasser en boudant un peu.

— Comment ! vous ici, Robin ! s'écria Hal. Et Maude, ma chère sœur Maude ? Donnez-moi des nouvelles de sa santé.

— Maude est un peu souffrante.

— J'irai la voir. Son mal n'a rien de grave ?

— Rien absolument.

— J'espérais vous rencontrer ici, reprit Halbert. J'ai su, ou plutôt j'ai deviné, que vous étiez venu à Nottingham, et voici de quelle manière. En allant faire à la ville une commission pour le château, j'ai appris qu'un combat au bâton allait avoir lieu entre Geoffroy le Fort, vous le connaissez, Grâce ? et un forestier. Aussitôt la pensée m'est venue d'aller prendre ma part de plaisir à cette petite fête.

— Tandis que je vous attendais, monsieur, dit Grâce en allongeant d'un air boudeur ses jolies lèvres roses.

— Je n'avais pas l'intention de rester plus d'une minute au nombre des spectateurs. Je suis arrivé sur le terrain au moment où Petit-Jean lançait Geoffroy par-dessus sa tête, Geoffroy le Fort, Geoffroy le Géant, ainsi que nous le nommons au château, songez donc, Grâce, quel magnifique coup de main ! Je voulais demander de vos nouvelles à Jean ; impossible de l'aborder. Alors j'ai parcouru la ville, et, à bout de ressources pour ma recherche mystérieuse, je suis allé vous demander au château.

— Au château ! s'écria Robin, vous m'y avez demandé par mon nom ?

— Non, non, rassurez-vous. Le baron est revenu hier, et si j'avais eu la sottise de révéler votre présence sur ses terres, vous seriez traqué comme une bête fauve.

— Mon cher Hal, ma crainte était un véritable enfantillage ; je sais que vous êtes prudent et que vous savez garder un secret. Le but de mon voyage était d'abord de vous rencontrer, puis ensuite de vous demander des renseignements sur les prisonniers qui se trouvent au château. Vous savez sans doute ce qui s'est passé la nuit dernière dans la forêt de Sherwood.

— Oui, je le sais ; le baron est furieux.

— Tant pis pour lui. Revenons aux prisonniers ; parmi eux se trouve un garçon que je
veux sauver à tout prix, William l'Écarlate.

— William ! s'écria le jeune homme, et
comment se trouvait-il mêlé à la bande de
proscrits qui a attaqué les croisés ?

— Mon cher Hal, répondit Robin, il n'y a pas
eu rencontre avec des proscrits, mais bien avec
de braves garçons qui ont eu le tort d'agir sans
discernement et de croire s'attaquer, non à des
croisés, mais bien au baron Fitz-Alwine et à ses
soldats.

— C'était vous ! s'écria le pauvre Hal pénible-
ment surpris.

Robin fit un signe affirmatif.

— Alors je comprends tout : c'est de votre
adresse dont parlent les croisés en disant qu'un
homme de la bande envoyait la mort au bout de
chacune de ses flèches. Ah ! mon pauvre Robin,
le résultat de cette bataille est bien malheureux
pour vous.

— Oui, Hal, bien malheureux, répéta Robin
avec tristesse ; car mon pauvre père a été tué.

— Mort, le digne Gilbert ! dit Hal d'une voix
pleine de larmes ; ah ! mon Dieu !

Un instant de silence laissa les jeunes gens
absorbés dans une commune douleur. Grâce ne
souriait plus ; elle était navrée du chagrin de
Hal et du désespoir de Robin.

— Et ce cher Will est tombé entre les mains des soldats du baron ? reprit Halbert afin de ramener l'esprit de Robin sur le sort de son ami.

— Oui, répondit Robin, et je suis venu vous trouver, mon cher Hal, dans l'espoir que vous voudriez bien me prêter votre aide pour entrer au château. Je ne m'éloignerai de Nottingham qu'après avoir rendu la liberté à Will.

— Comptez sur moi, Robin, répondit vivement le jeune homme, je ferai tout ce qui dépendra de moi pour vous être d'un bon secours dans cette douloureuse circonstance. Nous allons nous rendre au château ; il me sera facile de vous y faire entrer ; mais une fois dans l'intérieur, il faudra veiller sur vous-même, prendre patience et vous montrer prudent. Depuis que le baron est revenu, l'existence est un véritable enfer pour nous tous ; il crie, il jure, il va, il vient, et nous accable de sa présence.

— Lady Christabel est-elle revenue avec lui ?

— Non, il n'a amené que son confesseur ; les soldats qui l'ont accompagné sont des étrangers.

— Vous n'avez rien appris sur le sort d'Allan Clare ?

— Pas un mot ; il n'y a personne au château à qui on puisse demander des nouvelles. Quant à lady Christabel, elle est en Normandie, et selon toute probabilité dans une maison religieuse. Il est donc fort à présumer que messire Allan se tient aux environs de ce couvent.

— C'est à peu près une chose certaine, répondit Robin, pauvre Allan ! Son fidèle amour sera récompensé, je l'espère.

— Oui, ajouta Grâce, il est une Providence pour les amoureux.

— Je me confie à la bonté de cette douce Providence, s'écria Halbert en jetant un tendre regard à sa fiancée.

— Et moi aussi, dit Robin, le cœur ému au souvenir de Marianne.

— Cher Robin, reprit Hal, s'il nous est possible de faire quelque chose pour sauver William, il faut le tenter ce soir même ; les prisonniers doivent partir pour Londres au milieu de la nuit afin d'y être jugés et condamnés selon le bon plaisir du roi.

— Alors hâtons-nous, hâtons-nous ; j'ai promis à Petit-Jean d'aller l'attendre à l'entrée du pont-levis du château.

— Grâce, ma très chère, dit Hal d'un air craintif, vous ne me gronderez pas demain de vous avoir si promptement quittée aujourd'hui.

— Non, non, Hal, vous pouvez être tranquille. Allez avec courage au secours de votre ami, et ne pensez pas à moi ; je vais prier le ciel de vous venir en aide.

— Vous êtes la meilleure et la plus aimée des femmes, très chère Grâce, dit Hal en baisant les joues vermeilles de sa fiancée.

Robin salua gracieusement la jeune fille, et les deux amis s'élancèrent d'un pas rapide dans la direction du château.

— En effet, répondit Robin, c'est bien Petit-Jean. Que veut dire cette apparente intimité ?

— Je parie ma tête, répondit Hal, que Geoffroy s'est pris pour Petit-Jean d'une soudaine amitié, et qu'il l'emmène au château dans l'intention de lui offrir à boire. Geoffroy est un excellent garçon ; mais il est très imprudent. Il n'est au service du baron que depuis fort peu de temps, et il y aura du tapage s'il se livre trop légèrement au plaisir de vider des bouteilles.

— Nous pouvons avoir toute confiance en la sobriété habituelle de Petit-Jean, répondit Robin ; il maintiendra son compagnon dans les limites raisonnables.

— Faites attention, Robin, dit vivement Hal ; Petit-Jean nous a aperçus, il vient de vous adresser un signal.

Robin dirigea ses yeux du côté de son ami.

— Il me conseille de l'attendre, répondit Robin ; il va au château ; mais je vais lui faire comprendre que je vous accompagne, et que nous nous rencontrerons dans l'intérieur de quelque cour.

— Très bien. Vous allez me suivre à l'office, je dirai que vous êtes un de mes amis. Là, nous tâcherons de découvrir, par le bavardage des soldats, dans quelle partie du donjon sont enfermés les prisonniers et le nom de celui qui a mission de veiller sur eux ; s'il nous arrive de pouvoir dérober les clefs du château, nous mettrons William en liberté ; mais pour sortir il sera absolument nécessaire de traverser une fois encore les souterrains. Arrivés dans la forêt...

— Je leur permets de nous poursuivre et même de nous atteindre s'ils peuvent réussir ! s'écria gaiement Robin.

Le pont-levis s'abaissa à l'appel de Hal, et Robin se trouva bientôt dans l'intérieur du château de Nottingham.

En se voyant obligé de suivre Geoffroy, Petit-Jean résolut de mettre à profit, dans l'intérêt de son cousin, la subite amitié qui lui était témoignée par le soldat du baron.

Il fut facile au forestier de ramener la conversation sur l'événement de la nuit : Geoffroy se prêta de la meilleure grâce du monde au curieux désir de son nouvel ami, et lui confia qu'il avait sous sa garde la surveillance de trois prisonniers.

— Parmi eux, ajouta-t-il, se trouve un fort beau garçon, et qui a vraiment une figure remarquable.

— Ah ! dit Petit-Jean d'un ton d'indifférence.

— Oui ; jamais de la vie peut-être tu ne verras des cheveux d'une couleur aussi étrange, ils sont presque rouges ; malgré cela il est très beau, ses yeux sont magnifiques, et on dirait maintenant qu'ils contiennent un tison de l'enfer, tant la colère les a rendus lumineux. Monseigneur a fait une visite à ce pauvre jeune homme pendant que j'étais de faction : il n'a pu lui arracher un mot, et il est sorti en jurant de le faire pendre dans les vingt-quatre heures.

— Pauvre Will ! se dit Petit-Jean. Penses-tu que ce malheureux soit blessé ? demanda le jeune homme.

— Il se porte aussi bien que toi et moi, répondit Geoffroy. Il est de mauvaise humeur, voilà tout.

— Il y a donc des cachots sur les remparts ? reprit Petit-Jean. C'est une chose assez rare.

— Tu es dans l'erreur, sir étranger ; en Angleterre, il s'en trouve dans plusieurs châteaux.

— À quel endroit sont-ils situés ? Aux angles ?

— Le plus souvent, mais ils ne sont pas tous habitables ; par exemple, celui dans lequel est enfermé le jeune garçon dont je te parle, et qui se trouve à l'ouest, est assez bien ; il est possi-

ble d'y vivre sans souffrir. Tiens, ajouta
Geoffroy, tu peux apercevoir d'ici l'endroit où il
est situé : regarde auprès de cette barbacane ; y
es-tu ?

— Oui.

— Eh bien ! il y a au-dessus une ouverture
assez large pour laisser pénétrer l'air et la
lumière, au-dessous une porte basse.

— Je vois. Et ce garçon à cheveux rouges est
là-dedans ?

— Oui, pour son malheur.

— Pauvre diable, c'est triste, n'est-il pas vrai,
maître Geoffroy ?

— Très triste, sir étranger.

— Et quand on pense, reprit Petit-Jean de
l'air d'un homme qui fait une simple réflexion,
qu'il se trouve là, entre quatre murs, derrière
une porte barrée, un jeune homme vigoureux
et bien portant, qui après tout n'a pas fait
grand mal, et qui sans doute épuise ses forces
dans de vains efforts ! Il est gardé à vue par des
sentinelles ?

— Non, il est là tout seul, et s'il avait des
amis il lui serait très facile de s'évader. Le
verrou de la porte est en dehors ; il n'y aurait
qu'à tirer, et crac ! la porte roulerait sur ses
gonds ; seulement il serait impossible de traverser le rempart du côté de l'ouest.

— Pourquoi cela ?

— Parce qu'il est à tout instant parcouru par les soldats tandis que le côté de l'est, étant abandonné, serait un chemin sûr.

— Il n'y a pas de gardien ?

— Non, cette partie du château est complètement vide ; on la dit hantée par des esprits, de sorte qu'un sentiment de terreur en éloigne tout le monde.

— Ma foi ! dit Petit-Jean, je n'engagerais pas le prisonnier à tenter les hasards d'un sauvetage aussi incertain ; car, une fois hors du cachot, comment s'y prendre pour s'évader au-delà des murs d'une pareille forteresse ?

— Une personne étrangère et qui évidemment ignore les passages secrets, serait arrêtée avant d'avoir fait dix pas ; mais moi, par exemple, si je cherchais à fuir, je me dirigerais à l'est des remparts vers une chambre inhabitée dont la fenêtre s'ouvre au-dessus des fossés ; tout près de cette fenêtre, à la longueur du bras, se trouve un vieil arc-boutant ; il pourrait servir de marchepied. De là on descendrait sur une pièce de bois qui surnage au-dessus de l'eau ; ce pont volant a dû servir, je n'en doute pas, aux hommes du baron alors qu'ils rentraient au château après l'heure du couvre-feu. Une fois de l'autre côté, il faut nécessairement demander son salut à l'agilité de ses propres jambes.

— Il faudrait un intelligent ami au pauvre prisonnier, dit Petit-Jean.

— Oui, mais il n'en a pas. Bon forestier, reprit Geoffroy, permets-moi de te laisser seul pendant quelques instants, j'ai des devoirs à remplir ; si tu désires parcourir le château, tu en as la permission, et si par hasard on t'interroge, donne le mot de passe, qui est *volontiers et honnêtement*, on saura que tu es un ami.

— Je te remercie, maître Geoffroy, dit Petit-Jean avec reconnaissance.

— Bientôt, tu auras à me remercier mieux encore, chien saxon ! grommela Geoffroy en sortant de la chambre. En vérité, ce paysan me prend pour un de ses pareils ; je suis normand, un véritable Normand ; et je vais lui donner la preuve que Geoffroy le Fort n'est pas impunément battu. Ah ! maudit forestier, tu as fait plier devant toi un homme qui n'a jamais senti sur ses épaules le bâton d'un adversaire ; tu te repentiras de ton impudence, sois tranquille. Ah ! ah ! ah ! s'écria Geoffroy au milieu d'un bruyant éclat de rire, tu es pris dans le piège, mon robuste forestier ; tu es venu bien certainement pour sauver tes amis, car ce sont des coquins de ton espèce qui ont attaqué les croisés. Bien, bien, tu feras un voyage au service de Sa Majesté, si mon couteau ne t'atteint pas au cœur. Comme il a lestement mordu à l'hameçon ! Je gagerais ma vie que je le trouverai tout à l'heure sur le rempart de l'est; ce sera l'occasion de lui payer d'un seul coup tout ce que je lui dois.

Tout en grommelant ainsi, Geoffroy songeait à se faire un mérite de sa vigilance auprès du baron, et en même temps à se venger de Petit-Jean.

Resté seul, notre ami Jean se prit à réfléchir.

— Ce Geoffroy est peut-être un homme, se disait le neveu de sir Guy, il peut avoir de bonnes intentions; mais je ne crois ni à son honnêteté ni à sa bienveillance. Il n'est pas donné à un personnage aussi infime d'avoir la grandeur d'âme de pardonner, mieux encore de ressentir un sentiment d'intérêt pour un adversaire triomphant; donc Geoffroy me trompe, je suis évidemment pris dans un filet; il faut en sortir et veiller au salut de William.

Petit-Jean sortit de la chambre, et, sans autre guide que le hasard, il se dirigea vers une large galerie dont l'extrémité devait probablement le conduire à l'est des remparts.

Après avoir parcouru pendant une bonne demi-heure une enfilade de couloirs et de passages complètement déserts, il se trouva en face d'une porte. Petit-Jean l'ouvrit et aperçut un vieillard, le front penché au-dessus d'un coffre-fort dans lequel il entassait avec soin de petites sacoches remplies de pièces d'or. Absorbé dans les calculs de son opération, il ne s'aperçut pas de l'insolite présence du forestier.

Petit-Jean se demandait en lui-même quelle réponse il devait faire à l'inévitable question du vieillard, lorsque celui-ci, levant la tête, aperçut devant lui son gigantesque visiteur. Une expression de visible épouvante se peignit sur ses traits ; il laissa tomber un des sacs, et l'or, se heurtant contre le plancher, rendit un son qui fit trembler son propriétaire.

— Qui es-tu ? demanda-t-il d'une voix tremblante. J'avais donné l'ordre d'interdire l'entrée de mes appartements ; que me veux-tu ?

— Je suis un ami de Geoffroy ; je désirerais me rendre sur le rempart de l'ouest, et je me suis égaré en chemin.

— Ah ! ah ! s'écria le vieillard, et un étrange sourire entrouvrit ses lèvres ; tu es un ami de Geoffroy le Fort, du brave Geoffroy ? Écoute-moi, beau forestier, car en vérité tu es le plus beau garçon que j'aie jamais vu de ma vie ; veux-tu échanger ton habit de paysan contre l'uniforme d'un soldat ? Je suis le baron de Fitz-Alwine.

— Ah ! vous êtes le baron de Fitz-Alwine ? s'écria Petit-Jean.

— Oui, et tu te féliciteras un jour, si tu as le bon esprit d'accepter ma proposition, d'avoir eu la chance de me rencontrer.

— Quelle proposition ? demanda Petit-Jean.

— Celle d'entrer à mon service.

— Avant de répondre, permettez-moi de vous adresser quelques questions, reprit Petit-Jean tout en allant d'un air fort tranquille fermer à double tour l'entrée de la chambre.

— Que fais-tu, beau forestier ? interrogea le baron saisi d'une soudaine frayeur.

— Je préviens les interruptions discrètes, je mets un obstacle à des visites qui pourraient être gênantes, répondit le jeune homme d'un ton parfaitement calme.

Un éclair de fureur traversa les petits yeux gris du baron.

— Voyez-vous ceci ? demanda le forestier en mettant sous les yeux de Sa Seigneurie une large bande de peau de cerf.

Le vieillard, suffoqué de colère, se contenta de répondre à cette inquiétante demande par un signe affirmatif.

— Écoutez-moi avec attention, reprit le jeune homme : j'ai une grâce à vous demander, et, s'il arrive que sous un prétexte quelconque vous refusiez de me l'accorder, je vous pendrai sans miséricorde à la corniche du grand meuble que j'aperçois là-bas. Personne ne viendra à l'appel de vos cris, par la meilleure des raisons : je vous empêcherai de crier. J'ai des armes, une volonté de fer, un courage égal à ma volonté, et je me sens de force à défendre contre vingt soldats l'entrée de cette chambre. De toute manière, comprenez-le bien, vous êtes un homme mort si vous refusez de m'obéir.

— Misérable coquin! pensait le baron, je te ferai sûrement rouer de coups si je parviens à échapper à ton infernale domination. Que désires-tu, brave forestier? demanda Sa Seigneurie d'une voix doucereuse.

— Je veux la liberté...

En ce moment un pas rapide se fit entendre le long du couloir, et un coup violent ébranla le chambranle de la porte. Petit-Jean saisit à sa ceinture un couteau à lame effilée, s'empara du débile vieillard, et lui dit à voix basse et d'un ton menaçant:

— Si vous jetez un cri, si vous dites une parole qui soit dangereuse pour ma sécurité, je vous tue. Demandez quelle est la personne qui frappe.

Le baron épouvanté obéit prestement:

— Qui est là?

— Monseigneur, c'est moi.

— Qui, toi, imbécile? souffla Petit-Jean.

— Qui, toi, imbécile? répéta le baron.

— Geoffroy.

— Que me veux-tu, Geoffroy?

— Monseigneur, j'ai à vous annoncer une nouvelle importante.

— Quelle nouvelle?

— Je tiens en mon pouvoir le chef des coquins qui ont attaqué les vassaux de Votre Seigneurie.

— Ah! vraiment! murmura Petit-Jean d'un ton narquois.

— Ah! vraiment! murmura le pauvre baron.

— Oui, milord, et si Votre Seigneurie veut bien me le permettre je lui apprendrai à l'aide de quelle ruse je suis parvenu à m'emparer de ce brigand.

— Je suis occupé en ce moment-ci, je ne puis donc te recevoir; reviens dans une demi-heure.

Le baron mâcha pour ainsi dire les paroles de cette réponse, qui lui était soufflée par Petit-Jean.

— Dans une demi-heure il sera trop tard, répondit Geoffroy d'un ton de visible mauvaise humeur.

— Obéis, coquin! va-t'en; je te le répète encore, je suis très occupé.

Le baron, anéanti de fureur, eût donné avec joie les sacs d'or enfermés dans son coffre-fort pour avoir la possibilité de retenir Geoffroy et de l'appeler à son aide. Malheureusement ce dernier, forcé d'obéir à l'ordre péremptoire qui venait de lui être donné, s'éloignait aussi rapidement qu'il était venu, et le baron se retrouva seul avec son gigantesque ennemi.

Lorsque le bruit de la marche du soldat se fut perdu dans la profondeur des couloirs, Petit-

Jean remit son couteau à sa ceinture et dit à lord Fitz-Alwine :

— Maintenant, sir baron, je vais vous apprendre ce que je désire. La nuit dernière, un combat a eu lieu dans la forêt de Sherwood entre vos soldats revenant de la terre sainte et une compagnie de braves Saxons. Six hommes ont été faits prisonniers : je veux la liberté de ces six hommes, je veux aussi que personne ne les accompagne ni les suive ; je redoute l'espionnage, et je vous l'interdis.

— Je consentirais de grand cœur à t'être agréable sur ce point, beau forestier, mais...

— Mais vous ne voulez pas. Écoutez, seigneur baron, je n'ai ni le temps de prêter l'oreille à vos fausses paroles ni la patience d'en subir la fatigue. Donnez-moi la liberté de ces pauvres garçons, ou je ne réponds pas de votre vie, même pour un quart d'heure.

— Tu es vif, jeune homme. Eh bien ! je t'obéirai. Voici mon sceau : va trouver une des sentinelles du rempart, montre-lui ce cachet, et dis-lui que je t'ai accordé la grâce des coquins... des prisonniers. La sentinelle t'enverra auprès de celui qui a la charge de tes protégés, et aussitôt on t'ouvrira les portes de la salle où je les tiens enfermés ; car ils ne sont point dans les cachots, les vaillants garçons.

— Vos paroles me semblent assez sincères, sir baron, répondit Petit-Jean ; néanmoins je ne me sens pas d'humeur à y ajouter une grande confiance. Ce cachet, cette sentinelle, ce va-et-vient d'un endroit à l'autre, tout cela me paraît si bien embrouillé qu'il me serait impossible d'en sortir avec honneur. En conséquence, de gré ou de force, vous m'accompagnerez auprès de l'homme qui a la charge de mes amis ; vous lui donnerez l'ordre de les mettre en liberté, puis vous nous laisserez sortir tranquillement de l'enceinte du château.

— Tu doutes de ma parole ? dit le baron d'un air scandalisé.

— Complètement, et j'ajoute que si, par un mot, par un geste, par un signe, vous tentez de me faire tomber dans un piège, je vous plante à l'instant même, et sans crier gare, mon couteau dans le cœur.

Les menaces de Petit-Jean étaient prononcées d'un ton si ferme, sa figure exprimait une résolution si immuable, qu'il n'y avait pas à douter un instant que des paroles au fait il n'y eût que le geste.

Le baron se trouvait dans une situation fort dangereuse, et cela, par sa faute. D'habitude, une compagnie d'hommes veillait à sa sécurité, soit auprès de son appartement, soit à portée d'un facile appel. Mais ce jour-là, désireux de rester seul afin de pouvoir ranger secrètement la prodigieuse quantité d'or entassée dans ses coffres (à cette époque il n'existait pas de banquiers), il avait éloigné ses gardes et défendu que, sous aucun prétexte, on se permît de pénétrer auprès de lui. Désespérément convaincu de sa solitude, le baron n'osait enfreindre la défense formelle de Petit-Jean, et, la gorge pleine de clameurs épouvantées, il gardait un profond silence. Lord Fitz-Alwine tenait singulièrement à l'existence, et le désir d'aller rejoindre ses ancêtres ne lui était pas encore venu. Cependant il était bien près d'accomplir ce triste voyage, car la lutte qu'il allait entreprendre avec Petit-Jean était pour lui d'un difficile succès : la liberté promise et si impérieusement exigée des jeunes Saxons était un fait irréalisable par la raison que, aux premières heures du jour, enchaînés les uns aux autres, et confiés à la garde d'une vingtaine de soldats, les prisonniers étaient partis pour Londres.

Décimée par les guerres désastreuses de la Normandie, l'armée de Henri II était fort appauvrie, et quoique le royaume fût en pleine paix, Henri II faisait recruter, autant que cela lui était possible, les jeunes gens d'une santé robuste et d'une taille élevée.

Afin de complaire au bon plaisir du roi, les seigneurs suzerains envoyaient à Londres bon nombre de leurs vassaux, et lord Fitz-Alwine n'était revenu à Nottingham que pour y faire choix, parmi ses hommes, d'une troupe digne de prendre rang dans le corps de l'armée. La haute prestance de Petit-Jean, sa mine fière et la vigueur herculéenne de toute sa personne avaient soudainement inspiré au baron le désir de l'envoyer à Londres. C'était donc avec cette secrète intention qu'il avait proposé au jeune homme d'entrer à son service et d'endosser la cape militaire.

Contraint d'obéir à une nouvelle injonction de Petit-Jean, le baron résolut de lui cacher la vérité et de l'amener, sous le prétexte d'une visite aux prisonniers, dans un quartier du château où il serait possible d'obtenir de prompts secours.

— Je suis tout disposé à répondre à ta demande, dit-il en quittant son siège.

— Vous avez, je vous l'assure, grandement raison, repartit le jeune homme, et si vous désirez remettre à une époque encore lointaine la visite que vous devez à Satan, hâtons-nous de quitter cette chambre. Ah ! un mot encore, ajouta Petit-Jean.

— Dis, gémit le baron.

— Où est votre fille ?

— Ma fille ! s'exclama Fitz-Alwine au comble de l'étonnement ; ma fille !

— Oui, votre fille, lady Christabel.

— En vérité, sir forestier, tu m'adresses là une étrange question.

— Qu'importe ! répondez-y franchement.

— Lady Christabel est en Normandie.

— Dans quelle partie de la Normandie ?

— À Rouen.

— Est-ce bien vrai ?

— Parfaitement vrai ; elle habite un couvent de cette ville.

— Qu'est devenu Allan Clare ?

Le visage du baron s'empourpra d'une subite rougeur, ses dents, pressées sous ses lèvres frémissantes, étouffèrent un cri de rage, et il attacha sur le jeune homme un regard d'indicible colère. Jean, qui dominait de toute sa taille son faible ennemi, répéta lentement sa question :

— Qu'est devenu Allan Clare ?

— Je ne sais pas.

— Mensonge ! s'écria Petit-Jean, mensonge ! Il nous a quittés depuis six ans pour suivre lady Christabel et je suis certain que vous savez ce qu'est devenu ce malheureux jeune homme. Où est-il ?

— Je ne le sais pas.

— Ne l'avez-vous donc pas vu pendant le cours de ces six années ?

— Je l'ai vu, l'obstiné misérable !

— Pas d'injures, s'il vous plaît, seigneur baron. Où l'avez-vous vu ?

— La première rencontre qui a eu lieu entre nous, reprit lord Fitz-Alwine d'un ton amer, s'est passée dans un endroit qui devait être interdit à ce vagabond sans pudeur. Je l'ai trouvé dans l'appartement de ma fille, je l'ai trouvé aux genoux de lady Christabel. Le soir même, ma fille entrait dans un couvent ; le lendemain il eut l'audace de se présenter devant moi et de me demander la main de ma fille. Je le fis mettre dehors par mes hommes ; depuis cette époque je ne l'ai pas revu, mais j'ai appris dernièrement qu'il était entré au service du roi de France.

— De son propre gré ? demanda Jean.

— Oui, afin de remplir les conditions d'un traité fait entre nous.

— Quel traité ? À quoi s'est engagé Allan ? Que lui avez-vous promis ?

— Il s'est engagé à rétablir sa fortune, à rentrer en possession de ses terres, mises sous le séquestre à cause du dévouement de son père pour Thomas Becket. Je lui ai promis la main de ma fille si pendant sept ans il reste éloigné d'elle et ne cherche pas à la voir. S'il manque à sa parole, je disposerai de lady Christabel comme bon me semblera.

— À quelle date remonte cet engagement ?

— Il existe depuis deux ans.

— C'est bien. Maintenant occupons-nous des prisonniers. Allons les mettre en liberté.

La poitrine du baron renfermait un véritable volcan ; elle brûlait, néanmoins son pâle visage ne révélait rien des sinistres projets qui occupaient son esprit. Avant de suivre Petit-Jean, il ferma à double tour sa précieuse caisse, s'assura qu'il ne laissait aucune trace révélatrice de ses riches trésors, et dit au jeune homme d'un ton bénin :

— Viens, vaillant Saxon.

Petit-Jean n'était pas homme à suivre aveuglément l'itinéraire que choisirait le baron, et il lui fut facile de s'apercevoir que lord Fitz-Alwine s'engageait dans une direction opposée à celle qu'il fallait prendre pour gagner les remparts.

— Sir baron, dit-il, en mettant sa robuste main sur l'épaule du vieillard, vous choisissez un chemin qui nous éloigne de notre but.

— Comment le sais-tu ? demanda le baron.

— Parce que les prisonniers sont enfermés dans les cachots du rempart.

— Qui t'a donné ce renseignement ?

— Geoffroy.

— Ah ! le coquin !

— Oui, c'est un coquin ; car, non content de me dire dans quelle partie du château se trouvent mes amis, il m'a encore indiqué un moyen pour les faire évader.

— En vérité ! s'écria le baron, je n'oublierai pas de lui donner la récompense de ses bons offices. Mais, tout en me trahissant, il se jouait de votre crédulité : les prisonniers ne sont pas dans cette partie du château.

— C'est possible, mais je désire m'en assurer en votre compagnie.

Au-dessous de la galerie dans laquelle se trouvaient nos deux personnages se fit tout à coup entendre le bruit d'une marche qui révélait le pas de plusieurs hommes. Un escalier seulement séparait lord Fitz-Alwine de ce secours providentiel ; aussitôt, profitant de l'inattention du forestier, occupé à se rendre compte de l'endroit où allaient aboutir les profondeurs de cette galerie, il s'élança avec une agilité extraordinaire pour son âge vers la porte dont l'ouverture plongeait sur l'escalier. Arrivé là, et au moment où il allait descendre les marches quatre à quatre, il sentit une main de fer se cramponner à son épaule. Le malheureux vieillard jeta un cri strident et se précipita le long des degrés. Impassible, et se contentant d'allonger le pas, Petit-Jean suivit le baron dont la course insensée devenait de minute en minute plus vive et plus rapide. Entraîné par l'espoir de rencontrer du secours, le baron poursuivait follement sa course, jetant des cris, appelant à l'aide. Mais ces cris entrecoupés restaient sans écho et se perdaient dans l'immense solitude des galeries. Enfin, après un quart d'heure de cette fuite étrange, le baron atteignit une porte ; il la repoussa avec une si grande vigueur que les deux battants s'ouvrirent, et il alla tomber éperdu dans les bras d'un homme qui s'était élancé au-devant de lui.

— Sauvez-moi! sauvez-moi! au meurtre! s'écriait le baron; saisissez-le! tuez-le! Et, en achevant de vociférer ces clameurs furieuses, lord Fitz-Alwine, à bout de forces, glissa des mains qui essayaient de le soutenir, et tomba de tout son long sur le plancher.

— Arrière! cria Petit-Jean qui cherchait à repousser le protecteur du baron; arrière!

— Eh bien! Petit-Jean, dit une voix connue, est-ce que la colère t'aveugle à ce point que tu méconnais tes amis?

Petit-Jean jeta un cri de surprise.

— Comment! c'est toi, Robin? Vive Dieu! voilà un hasard dont ce traître aura grandement à se féliciter; car sans toi, je le jure, il était arrivé à sa dernière heure.

— Qui est donc ce malheureux que tu poursuis ainsi, mon brave Jean?

— Le baron Fitz-Alwine! souffla Halbert à l'oreille de Robin, tout en cherchant à se dissimuler derrière le jeune homme.

— Le baron Fitz-Alwine! s'écria Robin; je suis vraiment enchanté de cette rencontre, elle va me permettre de lui adresser quelques questions de la plus haute importance pour des personnes que j'aime.

— Tu peux t'épargner la peine d'interroger Sa Seigneurie, répondit Petit-Jean; j'ai appris d'elle tout ce que je désirais savoir, d'abord sur le sort d'Allan Clare, ensuite sur la situation de nos amis ; ils sont enfermés ici, et il me conduisait à leur cachot afin de les mettre en liberté ; ou, pour mieux dire, le traître faisait semblant de m'y conduire, car il a profité d'une minute d'inattention pour chercher à fuir.

Le regret de n'avoir pu réussir arracha au baron un gémissement lugubre.

— En te promettant la mise en liberté de nos amis, il te trompait, mon brave Jean : les chers garçons s'acheminaient vers Londres tandis que nous déjeunions à l'auberge.

— C'est impossible ! s'exclama Petit-Jean.

— C'est parfaitement vrai, répondit Robin Hood ; Hal vient de l'apprendre, et nous étions à ta recherche afin de te faire sortir de l'antre du lion.

En entendant prononcer le nom d'Halbert, le baron releva la tête, jeta un regard furtif vers le jeune homme, et, entièrement édifié sur la fidélité de son guide, il reprit sa position de vaincu, grommelant en lui-même mille imprécations contre le pauvre Hal.

Le mouvement du baron n'avait pas échappé à l'attention inquiète d'Halbert.

— Robin, dit-il, Sa Seigneurie vient de me jeter un coup d'œil qui ne me promet pas de grandes récompenses pour l'amitié que je vous porte.

— Non, en vérité, murmura sourdement lord Fitz-Alwine, je n'oublierai pas ta traîtrise.

— Eh bien, mon cher Hal, répondit Robin, puisque votre séjour ici est devenu impossible, puisque notre présence au château est devenue inutile, allons-nous-en de compagnie.

— Attendez, ajouta Petit-Jean, je crois rendre un très grand service à tout le comté en le débarrassant à jamais de l'impérieuse domination de ce Normand maudit. Je vais l'expédier à Satan.

Cette menace fit bondir le baron, qui en un instant se dressa sur ses maigres jambes.

Hal et Robin allèrent fermer les portes.

— Bon forestier, murmura le vieillard, honnête archer, mon cher petit Hal, ne vous montrez pas sans pitié! je suis innocent du malheur qui est arrivé à vos amis: ils ont attaqué mes hommes, mes hommes se sont défendus; n'est-ce pas bien naturel? Les braves garçons tombés entre mes mains, au lieu d'être pendus comme ils dev... comme ils méri... je veux dire comme ils auraient dû s'y attendre, ont été épargnés et envoyés à Londres. Je ne savais pas que vous dussiez venir aujourd'hui me demander leur liberté; si j'en avais été prévenu, bien certainement les bons garçons... n'auraient à l'heure présente plus rien à désirer. Réfléchissez; au lieu de vous mettre en colère, soyez des juges et non des bourreaux. Je vous jure de demander la grâce de vos amis. Je vous jure encore de pardonner à Halbert l'indi... la légèreté de sa conduite, et de lui conserver la bonne place qu'il occupe près de moi.

Tout en parlant, le baron prêtait l'oreille au moindre bruit, espérant, mais en vain, un secours qui ne lui venait pas.

— Baron Fitz-Alwine, dit gravement Petit-Jean, je dois agir selon les lois qui régissent nos forêts : vous allez mourir.

— Non ! non ! sanglota Sa Seigneurie.

— Écoutez, je vous prie, sir baron. Je parle sans colère. Il y a six ans, vous avez fait brûler la maison de ce jeune homme ; sa mère a été tuée par un de vos soldats, sur le corps de cette pauvre femme nous avons juré de punir son meurtrier.

— Aie pitié de moi ! gémit le vieillard.

— Petit-Jean, dit Robin, épargne cet homme en faveur de l'angélique créature qui lui donne le nom de père. Milord, ajouta Robin en se tournant vers le baron, promettez-moi d'accorder à Allan Clare la main de celle qu'il aime, et vous aurez la vie sauve.

— Je te le promets, sir forestier.

— Tiendrez-vous votre parole ? demanda Petit-Jean.

— Oui.

— Laisse-le vivre, Jean ; le serment qu'il vient de te faire est enregistré au ciel ; s'il y manque, il vouera son âme à une damnation éternelle.

— Je crois que c'est déjà fait, mon ami, répondit Jean, et je ne puis me résigner à lui voir accorder ainsi grâce entière.

— Ne t'aperçois-tu donc pas qu'il est déjà à moitié mort de peur ?

— Oui, oui ; mais à peine serons-nous à cent pas d'ici qu'il nous fera poursuivre par toute sa troupe. Il nous faut mettre un obstacle à ce dangereux dénouement.

— Enfermons-le dans cette chambre, dit Hal.

Lord Fitz-Alwine lança au jeune homme un regard chargé de haine.

— C'est cela, repartit Robin.

— Et les cris qu'il poussera une fois seul ? Et le tapage qu'il fera ? Y songez-vous ?

— Alors, dit Robin, attache-le sur un siège, avec la bande de peau de cerf qui entoure ta ceinture, et bâillonne-le avec le manche de son propre poignard.

Petit-Jean s'empara du baron, qui n'osa point se défendre, et le lia fortement au dossier du fauteuil.

Cette précaution prise, les trois jeunes gens gagnèrent en toute hâte la cour du pont-levis, et le gardien, qui était un ami de Hal, ne fit aucune difficulté pour le laisser passer.

Tandis que nos amis se dirigeaient rapidement vers la demeure de Grâce May, Geoffroy, exaspéré par l'impatience, montait à l'appartement du baron.

Arrivé devant la porte, il frappa d'abord un coup très léger ; puis, ne recevant pas de réponse, il heurta plus fortement ; personne ne répondit. Effrayé de ce silence, Geoffroy appela le baron ; mais l'écho de sa propre voix lui répondit seul. Alors, à l'aide de sa puissante épaule, il enfonça la porte.

La chambre était vide.

Geoffroy parcourut les salles, les couloirs, les passages, les galeries, criant de toutes ses forces :

— Monseigneur ! monseigneur ! où donc êtes-vous ?

Enfin, après une longue recherche, Geoffroy eut le plaisir de se trouver en présence de son maître.

— Milord ! seigneur ! qu'est-il arrivé ? s'exclama Geoffroy tout en déliant le baron.

Celui-ci, pâle de rage, répondit d'un ton furieux :

— Fais lever le pont-levis, ne laisse sortir personne, fouille le château, trouve un grand coquin de forestier qui s'y cache, lie-le, apporte-le-moi ; fais pendre Hal. Va donc, imbécile ! mais va donc !

Le baron, épuisé de fatigue, se traîna vers sa chambre, et Geoffroy, le cœur gonflé du séduisant espoir de s'emparer de Petit-Jean, alla donner les ordres multiples qu'il venait de recevoir.

Une heure après, et tandis qu'on bouleversait le château pour y découvrir Petit-Jean, Hal, qui avait fait ses adieux à la jolie Grâce May, traversait avec ses amis la forêt de Sherwood, dans la direction de Gamwell.

VII

Lorsque le baron Fitz-Alwine fut entièrement remis de sa terreur et de ses fatigues, il ordonna à ses gens de faire une enquête dans la ville de Nottingham, afin d'y découvrir les traces du forestier. Il va sans dire que le baron se promettait une éclatante revanche de l'insulte inouïe qui lui avait été faite.

Geoffroy apprit au baron la fuite d'Halbert, et l'annonce de cette dernière nouvelle porta au comble de l'exaspération la colère du châtelain.

— Misérable coquin! dit-il à Geoffroy, si tu as encore la maladresse de laisser échapper le brigand qui s'est présenté devant moi avec le titre de ton ami, tu seras pendu sans miséricorde.

Jaloux de regagner l'estime et la confiance de son maître, le robuste serviteur se livra consciencieusement à la recherche du forestier. Il parcourut la ville, fouilla ses environs, interrogea les aubergistes du pays, et se démena si bien qu'il arriva à savoir que le premier gardien de la forêt de Sherwood, sir Guy de Gamwell, avait un neveu dont le signalement répondait en tout point à celui du beau forestier. Geoffroy apprit encore que ce jeune homme habitait la maison de son oncle, et que, à en juger sur la description faite par les croisés du chef de la bande nocturne, ce personnage parent de sir Guy n'était autre que l'antagoniste du baron et le vainqueur de Geoffroy.

L'homme qui avait donné au soldat ces précieux renseignements avait encore ajouté qu'un jeune archer, d'une adresse à l'arc pour ainsi dire devenue proverbiale et nommé Robin Hood, habitait également le château de Gamwell.

Comme on doit bien le penser, Geoffroy courut en toute hâte communiquer au baron ce qu'il venait d'apprendre.

Lord Fitz-Alwine écouta paisiblement le prolixe récit de son serviteur, ce qui révélait de sa part une grande faculté de patience, et aussitôt la lumière se fit dans son esprit. Il se souvint que Maude, la suivante de sa fille, avait trouvé un asile au hall de Gamwell, et que là sans doute devaient être réunis Robin Hood, le chef de la bande, ainsi que Petit-Jean et les hommes qui composaient cette bande insolente.

De nouveaux renseignements confirmèrent l'exactitude du rapport de Geoffroy, et lord Fitz-Alwine se décida sur-le-champ à déposer au pied du trône de Henri II une plainte sévère contre les forestiers.

Le moment était bien choisi. À cette époque, Henri II, qui s'occupait activement de la police intérieure de son royaume, et qui cherchait à y introduire le respect de la propriété territoriale, écoutait avec attention les récits de vols et de pillages qui lui étaient faits par ses rapporteurs.

Par ordre du roi, les coupables, appréhendés au corps, étaient d'abord incarcérés ; puis des prisons de l'État ils passaient soit dans les rangs subalternes de l'armée, soit sur les pontons des vaisseaux en croisière.

Lord Fitz-Alwine obtint une audience de la justice de Henri II, et il exposa au roi, en l'exagérant beaucoup, la cause de ses griefs contre Robin Hood. Ce nom attira vivement l'attention du prince ; il demanda de nouvelles explications, et apprit ainsi que ce même Robin Hood était celui qui avait revendiqué des droits au titre et aux biens du dernier comte de Huntingdon, prétendant descendre en ligne directe de Waltheof, à qui le comté de Huntingdon avait été accordé par Guillaume Ier. La demande de Robin Hood, comme on le sait, avait été repoussée, et son adversaire, l'abbé de Ramsay, était resté en possession de l'héritage du jeune homme.

En découvrant que l'agresseur du baron n'était autre que le prétendu comte de Huntingdon, le roi se mit dans une grande colère, et condamna Robin Hood à la proscription. Il décréta en outre que la famille Gamwell, protectrice avouée de Robin Hood, serait dépouillée de ses biens et chassée de son territoire.

Un ami de sir Guy, qui eut connaissance du cruel jugement rendu contre le pauvre vieillard, s'empressa de lui expédier une dépêche. Cette affreuse nouvelle jeta la consternation dans la paisible demeure de Gamwell ; les villageois, promptement instruits du malheur qui venait frapper leur maître, se réunirent autour du château et s'écrièrent avec sir Guy qu'il fallait défendre l'approche du hall, qu'ils mourraient en combattant plutôt que de céder un pouce de terrain. Sir Guy possédait une belle propriété dans le comté de Yorkshire, Robin Hood savait cela, et, conseillé par Petit-Jean, il supplia le vieillard de quitter Gamwell et de conduire sa famille dans cette retraite assurée.

— Je ne me soucie guère des derniers jours qui me restent à vivre, répondit le baronnet en essuyant d'une main tremblante les larmes qui rougissaient sa paupière. Je ressemble aux vieux chênes de nos forêts, auxquels le plus léger vent enlève une à une leurs dernières feuilles. Mes enfants quitteront aujourd'hui même cette maison en ruine ; mais, quant à moi, je n'ai ni la force ni le courage de déserter le toit de mes pères. Je suis né ici, ici je mourrai. N'exige pas mon départ, Robin Hood, le foyer de mes ancêtres me servira de tombe ; comme eux je dormirai au seuil qui m'a vu naître, comme eux je défendrai ma porte contre une invasion étrangère. Emmène ma femme et mes filles... Mes garçons, j'en suis certain, n'abandonneront pas leur vieux père ; avec lui ils défendront le berceau de notre race.

Les prières de Robin et les supplications de Petit-Jean trouvèrent le baronnet insensible ; il fallut renoncer à l'espoir de l'éloigner de Gamwell, et, comme les circonstances demandaient une très grande promptitude d'action, on s'occupa immédiatement d'organiser le départ des femmes.

Lady Gamwell, ses filles, Marianne, Maude et les servantes de la maison, confiées à une troupe de villageois fidèles, devaient, à la nuit tombante, s'éloigner du hall.

Lorsque les préparatifs de ce douloureux départ furent achevés, la famille se réunit dans la grande salle, et Robin Hood, après s'être assuré de l'absence de Marianne, se dirigea en toute hâte vers l'appartement de la jeune fille.

— Robin ! cria tout à coup une voix entrecoupée par les sanglots.

Le jeune homme tourna la tête et aperçut miss Maude tout en larmes.

— Cher Robin, dit la jeune fille, je désire vous parler avant de quitter le hall. Hélas ! mon Dieu ! peut-être ne nous reverrons-nous jamais !

— Chère Maude, calmez-vous, je vous prie, et ne vous laissez pas dominer par la souffrance d'une pensée aussi triste. Nous serons bientôt réunis, je vous le jure.

— Je voudrais pouvoir vous croire, Robin ; mais, en vérité, c'est impossible : je connais le danger qui nous menace, la défense que vous tenterez présente des difficultés presque insurmontables. L'heure du départ approche, permettez-moi, Robin, de vous témoigner ma gratitude pour toutes les constantes bontés que vous avez eues pour moi.

— Je vous en prie, Maude, qu'il ne soit jamais question entre nous de reconnaissance et de remerciement ; souvenez-vous du pacte d'amitié que nous avons fait ensemble il y a six ans : je me suis engagé à vous aimer comme un frère, et vous m'avez promis la tendresse d'une sœur. Je me hâte d'ajouter que vous avez tenu parole et que vous avez été pour moi la plus tendre des amies et la meilleure des sœurs. Depuis cette époque je vous ai aimée chaque jour davantage.

— M'aimez-vous réellement, Robin ?

— Oui, Maude, voyez en moi un parent tout dévoué à votre bonheur.

— Vous avez toujours agi de manière à me convaincre de votre affection, cher Robin ; c'est pourquoi je me sens assez de confiance en la loyauté de votre caractère pour vous dire...

En achevant ces mots, la jeune fille fondit en larmes.

— Voyons, Maude, qu'avez-vous ? Mais parlez donc, petite niaise ; en vérité, vous me paraissez aussi timide que l'est un jeune faon.

La jeune fille, la tête ensevelie dans ses mains, continua de sangloter.

— Allons, Maude, allons, courage ! Que signifie ce désespoir ? Qu'avez-vous à me confier ? Je vous écoute, parlez sans crainte.

Maude laissa retomber ses mains, leva les yeux, essaya de sourire, et dit :

— Je souffre beaucoup... Je pense à une personne qui a eu pour moi des bontés, des soins, des attentions...

— Vous pensez à William, interrompit vivement Robin.

La jeune fille rougit.

— Hourra ! cria Robin. Ah ! chère petite Maude, vous aimez ce brave garçon, que Dieu soit béni ! Je donnerais tout au monde pour voir Will à vos genoux. Il serait si heureux de vous entendre dire : « William, je vous aime. »

Maude essaya de nier qu'elle aimât Will autant que Robin semblait le croire, cependant elle fut obligée de convenir que, à force de penser au jeune homme, elle en était arrivée à ressentir pour lui un vif sentiment d'affection. Après cet aveu assez pénible à faire pour

Maude, surtout à Robin, la jeune fille l'interrogea sur l'absence de William.

Robin répondit que cette absence, nécessitée par une affaire importante, n'avait rien d'inquiétant, et que sous peu de jours Will se retrouverait au milieu de sa famille.

Cet affectueux mensonge ramena le calme et la sérénité dans le cœur de Maude ; elle tendit à Robin ses joues colorées par les larmes, et après avoir reçu son fraternel baiser, elle se hâta de descendre dans la salle.

De son côté Robin entra dans l'appartement de Marianne.

— Chère Marianne, dit Robin en prenant entre les siennes les mains de la jeune fille, nous sommes sur le point de nous quitter, et peut-être pour longtemps. Permettez-moi, avant de nous séparer, de causer cœur à cœur avec vous.

— Je vous écoute, cher Robin, répondit affectueusement la jeune fille.

— Vous savez, n'est-ce pas, Marianne, reprit le jeune homme d'une voix frémissante, que je vous aime de toutes les forces de mon âme ?

— Vos actions m'en donnent journellement la preuve, mon ami.

— Vous avez confiance en moi, n'est-il pas vrai ? Vous ajoutez une foi entière, complète, absolue, à la sincérité de mon amour, à la tendre abnégation de mon dévouement ?

— Oui, oui, sans doute ; mais pour quel motif me demandez-vous si je vous crois un honnête homme, un brave cœur, un véritable ami ?

Au lieu de répondre à la question de Marianne, Robin sourit tristement.

— En vérité, vous me faites peur, Robin ; parlez, je vous en supplie. L'expression sérieuse de votre visage, la gravité de vos manières et les questions étranges que vous m'adressez me font craindre d'avoir à apprendre un malheur plus grand encore que ceux dont je suis accablée depuis si longtemps.

— Rassurez-vous, Marianne, dit doucement Robin, je n'ai point, Dieu merci, de mauvaises nouvelles à vous communiquer. Je n'ai à vous parler que de vous-même, et si j'insiste il ne faut pas m'en vouloir. En dépit de tout raisonnement, l'amour est égoïste, et mon amour se trouvera soumis à une rude épreuve. Nous allons nous séparer, Marianne, et peut-être pour toujours.

— Non, Robin, non, il faut avoir confiance en la bonté de Dieu.

— Hélas ! chère Marianne, je vois tout se détruire autour de moi, et mon cœur est brisé. Voyez cette digne et hospitalière famille : parce qu'elle m'a tendu une main secourable alors que j'étais errant et sans asile, on la condamne au bannissement, on lui confisque ses biens, on la chasse de sa maison. Nous allons défendre le hall, et tant qu'il restera une pierre liée à une autre pierre dans le village de Gamwell, je resterai debout à côté d'elle. La Providence dont vous espérez un secours ne m'a jamais abandonné dans le danger, et comme vous, Marianne, je me repose sur elle ; je combattrai, elle me protégera. Mais songez-y bien, Marianne, une ordonnance du roi m'a proscrit du royaume, je puis être pendu au premier arbre du chemin, ou envoyé à la potence par quelque espion, car ma tête est mise à prix. Robin Hood, comte de Huntingdon, ajouta fièrement le jeune homme, n'est plus rien aujourd'hui ! Eh bien ! Marianne, vous m'avez donné votre foi, vous m'avez juré de devenir ma bien-aimée compagne ?

— Oui, oui, Robin.

— Ce serment, chère Marianne, je l'efface de mon cœur ; cette promesse, je veux la mettre en oubli. Marianne, ma très adorée Marianne, je vous rends votre liberté, je vous délie de votre engagement.

— Oh ! Robin, s'écria la jeune fille d'un ton de reproche.

— Je serais indigne de votre amour, Marianne, reprit Robin, si dans ma position actuelle je conservais l'espoir de vous nommer ma femme. Je vous laisse donc libre de disposer de votre main, et je vous prie seulement de penser quelquefois avec amitié au malheureux proscrit.

— Vous avez une bien triste opinion de mon caractère, Robin, répondit la jeune fille d'un ton blessé. Comment avez-vous pu croire un seul instant que celle qui vous aime fût à ce point indigne de votre amour? Comment avez-vous pu croire que mon affection pût être infidèle au malheur?

En achevant ces paroles, Marianne fondit en larmes.

— Marianne! Marianne! s'écria Robin éperdu, de grâce, écoutez-moi sans colère. Hélas! je vous aime si ardemment que j'ai honte de vous condamner au partage de ma malheureuse destinée. Croyez-vous que je ne sois pas profondément humilié du déshonneur cruel attaché à mon nom, et que la pensée de me séparer de vous ne pénètre pas mon âme d'une amère souffrance? Mais, si je ne vous aimais pas, Marianne, je m'enfoncerais un couteau dans le cœur; votre amour est le seul lien qui me rattache à la vie. Vous qui êtes habituée au luxe, chère Marianne, vous souffririez cruellement des atteintes de la pauvreté si vous deveniez la femme de Robin Hood, et, je vous le jure, je préférerais vous perdre à jamais que de vous savoir malheureuse avec moi.

— Je suis votre femme devant Dieu, Robin, et votre vie sera la mienne. Maintenant, permettez-moi de vous faire quelques recommandations. Chaque fois que vous pourrez sûrement me faire parvenir de vos nouvelles, envoyez-moi un message, et, s'il vous est possible de venir me voir, venez, vous me rendrez bien heureuse. Mon frère reviendra auprès de nous, et par lui, je l'espère, nous réussirons à faire révoquer le cruel décret qui vous condamne.

Robin sourit tristement.

— Chère Marianne, dit-il, il ne faut point vous bercer le cœur d'un espoir chimérique. Je n'attends rien du roi. Je me suis tracé une ligne de conduite, et j'ai pris la ferme résolution de ne pas m'en écarter. Si vous entendez dire du mal de moi, Marianne, fermez vos oreilles à la calomnie ; car, par notre Sainte Mère, je vous jure de mériter toujours votre estime et votre amitié.

— Quel mal pourrais-je entendre dire de vous, Robin, et quels projets avez-vous formés ?

— Ne m'interrogez pas, chère Marianne, je crois mes intentions honnêtes ; si l'avenir démontre qu'elles ne le sont pas, je serai le premier à reconnaître mon erreur.

— Je sais que vous êtes loyal et brave, Robin, et je prierai Dieu afin qu'il vous assiste dans toutes vos entreprises.

— Merci, ma bien-aimée Marianne ; et maintenant, adieu, ajouta Robin en refoulant les larmes qui baignaient ses paupières.

Enlacée par les bras de son malheureux ami, la jeune fille sentit à ce mot «adieu» ses dernières forces l'abandonner. Elle cacha son visage en pleurs sur l'épaule de Robin et sanglota douloureusement.

Pendant quelques minutes, les deux jeunes gens restèrent ainsi muets, éperdus. Enfin une voix qui appelait Marianne vint les arracher à l'étreinte de ce dernier embrassement.

Ils descendirent, et Marianne, qui était déjà vêtue d'un costume d'amazone, monta sur le cheval qui lui était destiné.

Lady Gamwell et ses filles étaient tellement affectées de douleur qu'elles pouvaient à peine se maintenir sur leur selle.

Les servantes de la maison, pour la plupart mariées, leurs enfants, et quelques vieillards complétaient la cavalcade. Après une scène déchirante, les portes du hall se fermèrent sur les fugitifs, et, accompagnés d'une troupe d'hommes résolus, ils prirent le chemin de la forêt.

Une semaine s'écoula. Chaque jour de cette semaine d'anxieuse attente fut employé à fortifier Gamwell. Les habitants du village vivaient pour ainsi dire dans les tortures de la crainte, car chaque heure leur apportait l'épouvante du lendemain. Des sentinelles furent placées autour du hall, et, sous la direction de Robin, on construisit deux lignes de barricades qui devaient servir, sinon à arrêter la marche de l'ennemi, du moins à apposer à son approche les entraves d'une sérieuse défense.

Ces barricades, élevées à hauteur d'homme, permettaient aux paysans de se tenir à l'abri des flèches meurtrières de leurs ennemis, tout en leur donnant le loisir de viser le point où devaient se porter leurs propres coups.

Il ne faut pas croire cependant que sir Guy se fît illusion sur le succès de sa défense, il la savait dangereuse et inutile ; mais il ne voulait pas se rendre sans avoir combattu, le noble et vaillant Saxon.

Robin était l'âme de la petite armée ; il surveillait les travaux, il encourageait les paysans, il fabriquait des armes, il se multipliait. Le village de Gamwell, autrefois si calme et si tranquille, était maintenant plein d'animation et de vie, la terreur avait fait place à l'enthousiasme, et les paisibles villageois se montraient fiers et heureux d'entrer en lutte ouverte avec les Normands.

Lorsque tous les préparatifs du combat furent terminés, une sorte de torpeur tomba sur Gamwell ; on eût dit que le calme, chassé par l'écho des clameurs guerrières, était revenu chez ses hôtes paisibles ; mais ce silence ressemblait à celui qui s'étend sur la nature quelques minutes avant l'orage. L'œil est inquiet, l'ouïe est tendue, on attend avec angoisse les grondements de la foudre.

L'ennemi se fit attendre pendant dix jours.

Enfin un des batteurs d'estrade qui avaient été postés dans la forêt vint annoncer l'approche d'une troupe d'hommes à cheval.

La nouvelle vola de bouche en bouche, on sonna le tocsin, et les paysans s'élancèrent comme un seul homme aux différents postes qui leur avaient été assignés. Blottis derrière le rempart de leurs barricades, ils s'y tinrent muets, l'arme tendue, attentifs à suivre du regard la marche rapide de l'ennemi.

N'apercevant personne, n'entendant aucun bruit qui pût révéler une tentative de défense, le chef des soldats de Henri II se frottait joyeusement les mains dans la persuasion où il était de surprendre les habitants de Gamwell. Cependant ce chef, qui connaissait le caractère des Saxons, qui savait par expérience, l'ayant appris à ses propres dépens, que ces vaillants hommes se battaient fort bien, s'était attendu à rencontrer des obstacles sur sa route. Le silence qui régnait dans la plaine lui causait donc un très vif plaisir, il croyait pouvoir arriver à l'improviste.

La troupe normande se composait d'une cinquantaine d'hommes, les villageois étaient au nombre de cent ; comme on le voit, la force de ces derniers se trouvait supérieure à celle de l'ennemi, et de plus leur position était excellente.

Toujours persuadé qu'il allait fondre sur le village comme le fait un oiseau de proie sur un innocent passereau, le chef normand ordonna à ses hommes d'activer la marche de leurs chevaux. Ils obéirent, et d'un pas vif montèrent rapidement la colline.

À peine en eurent-ils atteint le sommet qu'une volée de flèches, de dards et de pierres les enveloppa des pieds à la tête. L'étonnement des soldats fut si grand qu'une seconde volée de flèches les atteignit avant même qu'ils eussent eu la pensée d'y répondre.

La chute de trois ou quatre soldats mortellement frappés fit jeter aux Normands un cri d'indignation; ils aperçurent alors les barricades, s'élancèrent sur la première et la chargèrent avec fureur.

Vaillamment accueillis et repoussés avec force par les Saxons, invisibles dans leurs cachettes, les soldats comprirent qu'ils n'avaient d'autre parti à prendre que celui de se battre courageusement. Ils réussirent à s'emparer de la première barrière; mais derrière celle-ci s'en trouvait une seconde, une troisième les arrêta encore. Ils avaient déjà perdu plusieurs hommes, et, pour comble de mécompte, il leur était impossible de voir s'ils parvenaient à abattre quelques-uns de leurs ennemis. Les Saxons, qui pour la plupart étaient des archers très experts, ne manquaient jamais leur but, et leurs flèches jetaient la destruction au milieu de la petite armée.

Les soldats, désespérés de ne pouvoir se rencontrer face à face avec l'ennemi, commençaient à se plaindre. Le chef, qui saisit au vol ces murmures de découragement, ordonna à ses hommes d'opérer une fausse retraite, afin de contraindre les Saxons à sortir de leur secret asile. Cette ruse de guerre fut aussitôt mise en œuvre : les Normands feignirent de se retirer avec ordre, et ils étaient déjà à une certaine distance des barricades lorsqu'un cri annonça l'apparition des vassaux de sir Guy.

Sans arrêter la marche de sa troupe, le chef jeta un regard en arrière.

Les villageois couraient tumultueusement et dans un apparent désordre à la poursuite de leurs ennemis.

— Ne vous retournez pas, mes garçons, cria le chef ; laissez-les nous atteindre. Ils seront pris ! Attention ! attention !

Les soldats, ranimés par l'espoir d'une éclatante revanche, continuèrent de s'éloigner.

Mais tout à coup, à la grande surprise du chef normand, les Saxons, au lieu de chercher à gagner les soldats de vitesse, s'arrêtèrent à la première barricade qui leur avait été enlevée, et de ce poste envoyèrent, avec une adresse incomparable, une nuée de flèches aux fuyards.

Le chef, exaspéré, ramena ses hommes sur le chemin déjà parcouru, et d'un bond furieux de son cheval il se porta à la tête de la petite troupe. Soudain une pluie de flèches lancées par des mains sûres couvrit le malheureux Normand ; il chancela sur sa selle et, sans jeter un cri, roula comme une masse inerte au pied de son cheval, qui, blessé lui-même, bondit hors des rangs et alla tomber mort à quelques pas du cadavre de son maître.

Déjà abattus par l'insuccès de leurs efforts, les soldats furent complètement démoralisés en présence de ce nouveau malheur. Ils relevèrent le corps de leur chef, et, sans prendre le temps de compter les morts, d'enlever les blessés, ils s'éloignèrent du champ de bataille de toute la vitesse de leurs vigoureux chevaux.

Après avoir proclamé par des cris d'allégresse la fuite des soldats, les paysans s'occupèrent, non à les poursuivre, mais à recueillir les blessés et à enterrer les morts. Dix-huit Normands avaient succombé dans la lutte, y compris le chef emporté par ses hommes.

Les bons villageois étaient si joyeux d'avoir remporté la victoire qu'ils songeaient déjà à rappeler leurs femmes à Gamwell ; mais Petit-Jean fit clairement comprendre à ses naïfs compagnons que le roi ne bornerait pas sa vengeance à ce premier envoi et qu'il fallait s'attendre à recevoir la visite d'une troupe d'hommes plus considérable et se préparer à bien la recevoir.

En serviteurs dévoués de sir Guy, les vassaux se rendirent aux conseils de leur jeune chef ; ils fortifièrent les barrières et fabriquèrent de nouvelles armes. Par les soins de Petit-Jean, le hall fut approvisionné d'une grande quantité de vivres et mis en état de supporter les attaques d'un véritable siège. Une trentaine de paysans, alliés et amis des propriétaires de Gamwell, vinrent se joindre à la troupe villageoise, et, armés jusqu'aux dents, l'esprit en éveil, constamment sur la défensive, les braves Saxons attendirent la venue des sanguinaires Normands.

Le mois de juillet touchait à sa fin, et depuis quinze jours les villageois attendaient leurs dangereux visiteurs ; ils se préparaient à être attaqués aux premières heures du matin, parce que, selon toute probabilité, les Normands, fatigués d'une marche rapide par un temps de chaleur, prendraient à Nottingham une nuit de repos.

Un soir, deux habitants du village qui revenaient de Mansfeld, où ils étaient allés faire quelques acquisitions, annoncèrent à leurs amis qu'une troupe de soldats composée de trois cents hommes venait d'arriver à Nottingham, et qu'elle avait l'intention d'y passer la nuit afin de gagner sans fatigue le hall de Gamwell.

Cette nouvelle produisit une grande émotion ; mais cette émotion fit bientôt place à un sentiment de vigilante ardeur.

Le lendemain au point du jour, les villageois, réunis autour du moine Tuck, entendirent pieusement la messe, et Petit-Jean, qui avait uni ses prières à celles de ses hommes, se plaça au milieu d'eux, et, d'une voix douce et sonore, s'exprima ainsi :

— Mes amis, je désire vous parler avant que nous nous rendions mutuellement au poste où le devoir nous appelle ; mais je suis un homme peu lettré, et l'éloquence de la parole m'est inconnue. Tout homme a un talent qui lui est propre, le mien consiste à savoir manier le bâton et à tirer adroitement une flèche. Excusez-moi donc si je m'exprime mal, et écoutez-moi avec attention. L'ennemi approche, soyez prudents, et ne sortez de vos cachettes que dans un cas de nécessité absolue. Si vous êtes forcés d'attaquer l'ennemi corps à corps, faites-le avec calme, sans précipitation ; rappelez-vous bien que, s'il vous arrivait le malheur de perdre votre sang-froid, vous mettriez inévitablement en oubli les actes les plus importants à votre défense. Sachez-le bien, mes amis, une chose qui doit être bien faite ne doit point se faire à la hâte. Disputez pas à pas chaque pouce de terrain, frappez sans colère et ne manquez aucun de vos coups, car votre vie payerait votre erreur. Montrez à nos ennemis que chaque ligne de notre sol natal vaut l'existence d'un chien normand. Je vous le répète une fois encore, mes garçons, soyez calmes, vaillants et fermes, vendez chèrement aux soldats de Henri les avantages que la force du nombre et celle des armes peuvent leur faire obtenir. Hourra pour Gamwell et pour les cœurs saxons !

— Hourra ! crièrent joyeusement les vassaux, et d'une main ferme ils pressèrent leurs armes, et d'un œil étincelant ils cherchèrent au loin l'apparition de l'ennemi.

— Mes amis, cria Robin en s'élançant à la place que Petit-Jean venait d'occuper, souvenez-vous bien que vous vous battez pour vos foyers, souvenez-vous que vous défendez le toit qui abrite vos femmes, qui garde le berceau de vos enfants ; souvenez-vous que les Normands sont nos oppresseurs, qu'ils marchent sur nos têtes, qu'ils tyrannisent les faibles, et qu'ils n'éten-dent jamais la main que pour brûler, tuer ou détruire ! Souvenez-vous qu'ici est la demeure de vos ancêtres, et que vous devez en défendre l'approche. Battez-vous avec courage, mes garçons, battez-vous tant qu'un souffle de vie sortira de vos lèvres !

— Oui, oui, nous nous battrons avec courage ! répondirent les hommes d'une seule voix.

Trois heures après le lever du soleil, le son d'un cor annonça l'approche de l'ennemi. Les batteurs d'estrade rentrèrent à Gamwell, et bientôt, de même qu'à l'attaque précédente, les défenseurs du hall se firent invisibles.

Le corps ennemi avançait lentement, et il était facile de juger, d'après l'étendue qu'occupait sa marche, qu'il se composait réellement de deux à trois cents hommes.

Les cavaliers se réunirent au pied de la colline qu'il était nécessaire de monter avant d'apercevoir Gamwell, et, après un conciliabule de quelques minutes, la troupe se divisa en quatre parties. La première s'élança au galop sur la colline, la seconde mit pied à terre et suivit les cavaliers, la troisième tourna la colline du côté gauche, et la dernière se dirigea vers la droite.

Cette manœuvre, qui avait été prévue, fut contrecarrée, des défenses avaient été construites au pied des arbres qui croissent sur le sommet de la colline, et les interstices de ces arbres étaient remplis de broussailles et d'arbrisseaux si naturellement entrelacés que les soldats se félicitaient de la rencontre d'un abri auprès duquel il allait leur être loisible de se réunir, une fois qu'ils auraient atteint le sommet de la colline.

En approchant de ces arbres protecteurs, les Normands reçurent une volée de coups de flèches qui, tout en blessant les hommes, fit cabrer les chevaux, jeta la confusion parmi les soldats, et contraignit la troupe à descendre la colline plus rapidement qu'elle ne l'avait montée.

Les hommes envoyés aux côtés opposés de la colline furent accueillis d'une manière aussi désastreuse que l'avaient été leurs compagnons. En conséquence, il fut décidé que la marche, devenue impossible avec les chevaux, aurait lieu à pied. Les soldats abandonnèrent leurs montures, et, protégés par leurs boucliers, ils s'engagèrent résolument dans les trois chemins désignés par leur chef, tandis qu'une partie de la troupe, mise en réserve, dut attendre au bas de la colline le succès d'une première attaque contre les barrières.

Les Normands atteignirent rapidement la barrière, qui, d'une hauteur de sept pieds, était de distance en distance percée de meurtrières pour le passage des flèches. Au lieu de perdre un temps précieux à frapper des ennemis à l'abri de leurs coups, ils se mirent à escalader le rempart.

Les villageois n'essayèrent pas d'opposer une résistance inutile : ils se contentèrent de gagner la seconde barrière ; les Normands surexcités par ce premier succès se précipitèrent confusément à la suite des villageois, et attaquèrent la nouvelle barricade avec une indicible fureur. Pendant un instant, les deux partis luttèrent presque corps à corps; la bataille devenait sanglante lorsqu'un signal appela les Saxons et les rejeta sous l'abri d'une troisième barrière.

Cette retraite fit alors apercevoir aux Normands qu'ils perdaient à chaque instant le terrain gagné.

Le capitaine réunit ses hommes afin de se concerter avec eux sur un plan d'attaque, et, tout en écoutant leurs avis, il regardait attentivement autour de lui.

Gamwell se trouvait placé au centre d'une vaste plaine, et la colline qui en quelque sorte lui servait de rempart était à la fois un chemin impraticable pour les chevaux et dangereux pour les hommes.

Le capitaine demanda à ses gens s'il se trouvait parmi eux un garçon qui connût la localité.

Cette question du capitaine, répétée de bouche en bouche, amena devant lui un paysan qui prétendit connaître le village de Gamwell où il avait un parent.

— Es-tu saxon, coquin? demanda le chef en fronçant les sourcils.

— Non, capitaine, je suis normand.

— Ton parent est-il allié avec ces rebelles?

— Oui, capitaine, car il est saxon.

— Comment est-il ton parent, alors?

— Parce qu'il a épousé ma belle-sœur.

— Tu connais le village?

— Oui, capitaine.

— Pourrais-tu conduire mes hommes à Gamwell par un autre chemin que celui-ci ?

— Oui, il y a au pied de la colline un sentier qui mène directement au hall de Gamwell.

— Au hall de Gamwell ? interrogea le chef ; où se trouve-t-il situé ?

— Là-bas, à votre gauche, capitaine ; c'est ce grand bâtiment entouré d'arbres. Il est habité par sir Guy.

— Le vieux rebelle que nous attaquons ? Ma foi ! le roi Henri aurait pu me donner une tâche plus facile que celle de faire sortir ce chien saxon de son chenil. Maintenant, coquin, puis-je me fier à toi ?

— Oui, capitaine, et, si vous suivez mes indications, vous verrez que je n'ai point menti.

— Je le désire pour tes oreilles, répondit le capitaine d'un ton menaçant.

— Je vous ai déjà rendu service, reprit l'homme, en vous guidant jusqu'ici.

— Sans doute, sans doute ; mais pour quelle raison ne m'as-tu pas d'abord indiqué ce chemin ?

— Parce que les Saxons se seraient aperçus du mouvement de la troupe, et auraient pris des précautions pour arrêter sa marche. Il est possible à une poignée de braves de protéger ce sentier contre un millier d'hommes.

— Il est situé, dis-tu, au pied de la colline ? demanda encore le chef.

— Oui, capitaine, sur la lisière de la forêt.

Celui-ci, très enchanté du renseignement, ordonna à une partie de sa troupe de se disposer à suivre le guide, tandis que lui, afin d'occuper sur un autre point l'attention des Saxons, allait commencer une nouvelle attaque.

Les projets du capitaine devaient être déjoués.

Le beau-frère du guide, qui en effet faisait partie des défenseurs de sir Guy, reconnut son parent, et, en le désignant à Petit-Jean, il lui fit remarquer l'espèce de conciliabule qui avait lieu entre lui et le chef.

Petit-Jean pressentit aussitôt la trahison du paysan ; il appela une trentaine d'hommes, et, sous le commandement d'un de ses cousins, il les envoya surveiller l'approche du chemin menacé d'invasion.

Ce soin pris, Petit-Jean fit appeler Robin Hood.

— Mon cher ami, lui dit-il, pourrais-tu atteindre avec ton arc un objet quelconque placé sur la colline ?

— Je le crois, répondit modestement le jeune homme.

— Ou, pour mieux dire, tu en es certain, reprit Petit-Jean. Eh bien ! suis mon regard. Vois-tu cet homme placé à la gauche du soldat qui porte sur sa tête un grand panache ? Cet homme, mon cher ami, est un perfide coquin, et je suis convaincu qu'il donne au chef des indications pour lui faire gagner Gamwell par le chemin de la forêt. Tâche donc de tuer ce misérable.

— Volontiers.

Robin tendit son arc, et deux secondes après l'homme désigné par Petit-Jean fit un bond de douleur, jeta un cri et tomba pour ne plus se relever.

Le chef normand rassembla promptement ses hommes et se détermina à prendre les barrières d'assaut.

Les Saxons se défendirent bravement ; mais, inférieurs en nombre, ils ne purent empêcher l'escalade, et se retirèrent avec ordre dans la direction de Gamwell.

Les barrières franchies, les Normands gagnèrent facilement du terrain ; ils pénétrèrent dans le village, et une sorte de terreur panique s'empara des paysans. Ils allaient fuir lorsqu'une voix éclatante cria à pleins poumons :

— Saxons, arrêtez-vous ! Celui qui a du cœur suivra son chef. En avant ! en avant !

Cette voix, qui était celle de Petit-Jean, ranima les forces défaillantes des villageois épouvantés ; ils se retournèrent, et, honteux de leur faiblesse, ils suivirent leur chef.

Celui-ci se précipita comme un lion vers un homme de haute taille qui partageait avec le chef principal le commandement de la troupe de soldats et qui, par l'ardeur de ses coups, avait causé l'effroi des forestiers.

À la vue de Petit-Jean, qui s'avançait vers lui en courbant comme de flexibles roseaux les soldats qui tentaient de s'opposer à son passage, l'homme dont nous parlons s'arma d'une hache et s'élança à sa rencontre.

— Nous voici enfin en présence, maître forestier ! cria cet homme qui n'était autre que Geoffroy. Je vais me venger d'un seul coup de tout le mal que tu m'as fait.

Petit-Jean sourit dédaigneusement, et lorsque Geoffroy après avoir fait tournoyer sa hache tenta de la faire descendre sur la tête du jeune homme, celui-ci, d'un geste prompt comme la pensée, la lui arracha d'entre les mains et la lança à vingt pas de lui.

— Tu es un misérable coquin, dit Petit-Jean, et tu mérites la mort ; mais, une fois encore, j'ai pitié de toi ; défends ta vie.

Les deux hommes, ou pour mieux dire les deux géants, car Geoffroy le Fort, on doit s'en souvenir, était d'une taille aussi remarquable que celle de Petit-Jean, commencèrent ce terrible combat. Il fut de longue durée, et la victoire, restée longtemps incertaine, se décida tout à coup en faveur de Petit-Jean, qui, concentrant toute sa vigueur dans un suprême effort, asséna un coup de son épée sur l'épaule de Geoffroy, et lui fendit le corps jusqu'à l'échine.

Le vaincu tomba sans pousser un cri, et les deux camps rivaux, qui avaient assisté en silence à cet étrange combat, regardaient avec une stupeur mêlée d'épouvante la terrible blessure produite par ce coup mortel.

Petit-Jean ne s'arrêta pas devant le corps de son ennemi ; il leva d'une main ferme son épée sanglante au-dessus de sa tête et traversa les rangs normands, semblable au dieu de la guerre, de la dévastation et de la mort.

Arrivé sur une éminence, le jeune homme porta ses regards en arrière ; il vit alors que, entourés par les Normands, les vassaux, malgré tout leur courage, étaient dans l'impossibilité de se défendre.

Aussitôt le jeune homme sonna du cor et donna l'ordre de la retraite ; puis, se précipitant de nouveau dans la mêlée, il fraya le chemin à ses hommes. Sa foudroyante épée tint pendant quelques minutes les soldats en respect, et les Saxons, secondant les intentions de leur chef, gagnèrent peu à peu la cour du hall. Réunis dans un seul corps et se battant en désespérés ils parvinrent à franchir les portes du château, déjà mis en état de résister aux attaques d'un siège.

Les Normands s'élancèrent sur les portes la hache à la main ; mais ces portes, en chêne massif, résistèrent à leurs efforts. Alors ils se mirent à rôder autour du vaste bâtiment dans l'espoir de découvrir une entrée mal défendue ; mais leur recherche, d'abord inutile devint bientôt dangereuse, car les Saxons jetaient du haut des fenêtres d'énormes pierres et les accablaient de flèches.

Le capitaine normand, effrayé du ravage que faisaient parmi ses hommes les projectiles lancés par les assiégés, les rappela à lui et, après en avoir placé une centaine autour du hall, il descendit au village. Comme on le sait, les maisons de Gamwell étaient vides. Les soldats, autorisés par leur chef, fouillèrent les habitations ; mais à leur grande mortification ils les trouvèrent non seulement désertes, mais encore vides de tout butin et de toute provision de bouche.

Comptant sur les ressources d'une prompte victoire, ils n'avaient point apporté de vivres, aussi étaient-ils dans un grand embarras. Ils témoignèrent leur mécontentement. Aussitôt le chef expédia dans la forêt une douzaine d'hommes réputés bons chasseurs, afin d'y tenter la prise de quelques cerfs. La chasse fut couronnée de succès ; les affamés se rassasièrent, et le capitaine, qui avait établi son camp dans le village, fit prendre du repos à une moitié de sa troupe, tandis que l'autre préparait les armes pour une attaque nocturne contre le bâtiment qui abritait les Saxons.

Plus heureux que leurs ennemis, les paysans avaient fait un excellent repas et s'étaient livrés au sommeil, après avoir relevé les morts et donné des soins aux blessés.

À la chute du jour, une éclatante lueur vint annoncer aux Saxons la nouvelle manœuvre de leurs ennemis : le village était en feu.

— Vois, mon cher Petit-Jean, dit Robin Hood en montrant au jeune homme là lugubre clarté, les misérables brûlent sans miséricorde les chaumières de nos paysans.

— Et ils mettront le feu au hall, mon ami, répondit Petit-Jean avec tristesse ; il faut nous préparer à subir ce nouveau malheur. La vieille maison est entourée de bois, elle brûlera comme une botte de paille.

— Comme tu dis cela tranquillement ! s'écria Robin. N'est-il donc pas possible de prévenir cette odieuse tentative ?

— Nous emploierons tous les moyens qui se trouvent en notre pouvoir, mon cher Robin ; mais ne te fais pas d'illusions, le feu est un ennemi difficile à vaincre.

— Regarde, Jean, voilà encore une autre chaumière qui brûle ; ils veulent donc incendier tout le village ?

— En as-tu douté un seul instant, mon pauvre Robin? Oui, ils détruiront notre cher Gamwell, et, lorsqu'ils auront achevé là-bas leur œuvre de démon, ils viendront essayer de mettre le feu ici.

Les paysans, désespérés, considéraient ce spectacle en jetant des cris d'indignation; ils voulaient sortir du hall et satisfaire à l'heure même l'âpre désir de vengeance qui les mordait au cœur; mais Petit-Jean, prévenu par un de ses cousins, accourut au milieu d'eux et leur dit d'une voix émue:

— Je comprends votre fureur, mes chers garçons; mais de grâce! attendez. Si nous pouvons nous défendre seulement jusqu'au point du jour, nous serons vainqueurs. Attendez, attendez, dans un quart d'heure les misérables seront ici.

— Les voilà! dit Robin.

En effet, les Normands s'avançaient vers le château en jetant de grands cris et en portant à deux mains des tisons enflammés.

— À vos postes, enfants, à vos postes! cria le neveu de sir Guy; dirigez vos flèches avec attention, visez avec soin, et ne perdez aucun de vos coups. Quant à toi, Robin, reste auprès de moi, tu frapperas de mort ceux que je désignerai.

Les Normands entourèrent le château, et, tout en se tenant à distance des fenêtres et des barbacanes, ils lancèrent contre la porte des torches allumées; mais ces torches, aussitôt atteintes par les torrents d'eau que versaient les paysans, s'éteignaient sans faire aucun mal.

Le feu fut suspendu, et une sorte de joyeux rugissement poussé par les soldats appela Petit-Jean et Robin à une fenêtre.

Précédés du chef, une dizaine de soldats traînaient un instrument qui, selon toute probabilité, devait servir à enfoncer la porte. Au moment où, sous la direction de leur capitaine, les Normands allaient établir la machine à la place qu'elle devait occuper, Petit-Jean dit à Robin:

— Envoie donc une flèche à ce maudit capitaine.

— Je le veux bien; mais il sera difficile de l'atteindre mortellement, car il est revêtu d'une cotte de mailles, et il faudrait pouvoir l'atteindre à la figure.

— Attention, dit Jean, prépare ton arc... tire, mon cher Robin, mais tire donc! Voilà son visage sous la lueur de la torche. La mort de cet homme nous sauvera.

Robin, qui suivait les mouvements du chef, tira tout à coup. La flèche partit. Le capitaine, frappé entre les deux sourcils, tomba en arrière. Les soldats éperdus se pressèrent confusément autour de leur chef, et un épouvantable désordre se mit dans les rangs.

— Maintenant, Saxons! cria Jean d'une voix vibrante, envoyez une volée de flèches sur les incendiaires.

Cette nouvelle décharge fut tellement écrasante que les soldats restés debout se sentirent perdus. Ils allaient fuir lorsqu'un Normand, se plaçant de sa propre autorité à la tête de ses compagnons, leur proposa d'employer un dernier moyen pour contraindre les paysans à sortir de la forteresse. Un bosquet d'arbres, principalement composé de pins, se trouvait placé vis-à-vis de la façade intérieure du château, c'est-à-dire du côté des jardins. Les Normands, conduits par leur nouveau chef, scièrent à demi le tronc des arbres les plus rapprochés de la toiture du bâtiment, après en avoir au préalable enflammé les hautes branches. Petit-Jean, qui surveillait avec angoisse les rapides progrès de cette infernale destruction, laissa bientôt échapper un cri de fureur, et dit à Robin :

— Ils ont trouvé le moyen de nous obliger à sortir ; les arbres vont incendier le toit, et dans quelques instants le château sera enveloppé de flammes. Robin, fais tomber les porteurs de torches, et vous, mes amis, n'épargnez pas vos flèches. À bas les loups normands ! à bas les loups !

Les arbres, rapidement embrasés, tombèrent sur la toiture avec un bruit épouvantable, et une lueur rouge couronna bientôt le dôme du château.

Petit-Jean rassembla ses hommes dans la grande salle, les divisa en trois parties, se mit avec Robin Hood à la tête de la première, donna au moine Tuck le commandement de la seconde, confia la troisième à la direction du vieux Lincoln, et chacune de ces bandes se prépara à sortir du hall par une porte différente.

Sir Guy avait assisté d'un air impassible aux préparatifs de ce départ ; mais quand son neveu vint l'engager à quitter la salle avec lui, le vieux baronnet s'écria :

— Je veux mourir sur les ruines de ma maison.

Petit-Jean, Robin et les jeunes Gamwell supplièrent vainement le vieillard, vainement ils lui montrèrent la flamme empourprée qui jetait dans la salle une sanglante lueur, vainement ils lui parlèrent de sa femme, de ses filles, le vieux Saxon restait sourd à leurs prières, insensible à leurs larmes.

— Alerte ! alerte ! cria soudain Robin Hood ; la toiture va tomber.

Petit-Jean saisit son oncle, l'entoura de ses bras, et, malgré les plaintes du vieillard, malgré ses lamentations, il l'emporta hors de la salle.

À peine les Saxons eurent-ils franchi les portes du hall qu'un bruit sinistre se fit entendre : les étages, surchargés par la chute du toit, s'effondrèrent les uns après les autres, et la vieille demeure seigneuriale lança par ses ouvertures des trombes de flammes et de fumée.

Petit-Jean confia sir Guy à la garde de quelques hommes déterminés, et leur ordonna de prendre en toute hâte le chemin du Yorkshire.

L'esprit tranquille de ce côté-là, l'invincible Petit-Jean s'arma une fois encore de sa triomphante épée, et s'élança sur l'ennemi en criant :

— Victoire ! victoire ! Demandez grâce ! demandez merci !

L'apparition de Tuck, revêtu de sa robe de moine, jeta une terreur panique parmi les Normands ; pas un seul n'osa se défendre contre un membre de la sainte Église, et, saisis d'un soudain effroi, ils s'élancèrent, poursuivis par les Saxons, vers l'endroit où stationnaient les chevaux, se mirent lestement en selle, et s'éloignèrent à franc étrier. Des trois cents Normands arrivés le matin, il en restait à peine soixante-dix. Les villageois, enivrés de leur victoire, entouraient Petit-Jean, qui, après avoir fait recueillir les blessés et les morts, parla ainsi à ses compagnons :

— Saxons ! vous avez donné la preuve aujourd'hui que vous étiez dignes de porter ce noble nom ; mais, hélas ! en dépit de votre vaillance, les Normands ont atteint leur but ; ils ont brûlé vos chaumières, ils ont fait de vous de pauvres bannis. Votre séjour ici est désormais impossible; bientôt une nouvelle troupe de soldats enveloppera ces ruines, il faut donc vous en éloigner. Il nous reste encore un moyen de salut : la forêt nous offre un asile. Quel est celui de vous, enfant, qui n'a pas dormi sur la mousse du bois et sous le rideau ondoyant des vertes feuilles et des grands arbres ?

— Allons dans la forêt ! allons dans la forêt ! crièrent plusieurs voix.

— Oui, allons dans la forêt, répéta Petit-Jean ; nous y vivrons ensemble, nous travaillerons les uns pour les autres ; mais, pour que notre bonheur puisse s'appuyer sur la sécurité d'une constante harmonie, il faut vous nommer un chef.

— Un chef ? Alors ce sera vous, Petit-Jean.

— Hourra pour Petit-Jean ! répondirent les vassaux d'une voix unanime.

— Mes chers amis, reprit le jeune homme, je vous remercie infiniment de l'honneur que vous voulez me faire ; mais je ne puis l'accepter. Permettez-moi de vous présenter sur-le-champ celui qui est digne d'être placé à votre tête.

— Où est-il ? où est-il ?

— Le voici, dit Jean en posant sa main sur l'épaule de Robin Hood. Robin Hood, mes enfants, est un véritable Saxon, de plus il est brave. Sa discrétion et son jugement égalent la sagesse d'un vieillard. Vous voyez en Robin Hood le comte de Huntingdon, le descendant de Waltheof, fils bien-aimé de l'Angleterre. Les Normands, qui lui ont volé ses biens, lui disputent encore ses titres de noblesse ; le roi Henri a proscrit Robin Hood. Maintenant, mes garçons, répondez à ma demande : voulez-vous pour chef le neveu de sir Guy de Gamwell, le noble Robin Hood ?

— Oui ! oui ! s'écrièrent les paysans, flattés d'avoir pour chef le comte de Huntingdon.

Le cœur de Robin Hood bondissait de joie, ses plans secrets avaient donc enfin une espérance de réalisation. Il se sentait fier, et, disons-le, il se savait digne de remplir la difficile mission qui lui était dévolue par la tendresse de son ami. Après avoir promené sur les Saxons un regard étincelant, il se découvrit, et, la main appuyée sur le bras de Petit-Jean, il dit d'un ton ému :

— Mes amis, je suis heureux de voir que vous m'acceptez pour chef, et je vous en remercie du plus profond de mon cœur. Je ferai, soyez-en certains, tout ce qui dépendra de moi pour mériter votre estime et votre affection. Ma jeunesse pourrait être pour vous un sujet de crainte et de méfiance si je ne prenais le soin de vous dire que mes pensées, mes sentiments et mes actions sont ceux d'un homme qui a souffert, et par conséquent d'un homme fait. Vous trouverez en moi un frère, un compagnon, un ami, un chef dans les cas de nécessité absolue. Je connais la forêt, notre future demeure, et je m'engage à vous y trouver un asile sûr, à y rendre votre existence heureuse et agréable. Le secret de cet asile ne devra jamais être confié à personne ; nous serons nos propres gardiens, et il sera nécessaire de se montrer discret et prudent. Préparez-vous au départ, je vais vous conduire dans une retraite inaccessible à nos ennemis. Encore une fois, chers frères Saxons, je vous remercie de votre confiance ; elle sera méritée, je serai avec vous dans le malheur aussi bien que dans le bonheur.

Les préparatifs de départ furent bientôt faits, les Normands n'avaient rien laissé aux malheureux proscrits.

Trois heures après, Robin Hood et Petit-Jean, accompagnés des villageois, pénétraient dans une cave spacieuse située au centre de la forêt. Cette cave, parfaitement sèche, avait à son plafond de larges ouvertures qui permettaient à l'air et à la lumière de circuler librement dans toute son étendue.

— En vérité, Robin, dit Petit-Jean, moi qui connais le bois aussi bien que toi, je suis émerveillé de ta découverte ; comment se peut-il faire que la forêt de Sherwood possède une demeure aussi confortable ?

— Il est probable, répondit Robin, qu'elle ait été construite sous Guillaume Ier par des réfugiés saxons.

Quelques jours après l'installation de nos amis dans la forêt de Sherwood, deux hommes de leur bande, qui étaient allés faire des emplettes à Mansfeld, apprirent à Robin qu'une troupe composée de cinq cents Normands avait, ne pouvant mieux faire, achevé de démolir les murailles de l'hospitalière maison qui avait été le hall de Gamwell.

VIII

Cinq années s'écoulèrent.

La bande de Robin Hood, confortablement établie dans la forêt, y vivait en sécurité, quoique son existence fût connue des Normands, ses ennemis naturels. Elle s'était d'abord nourrie des produits de la chasse ; mais cette ressource, à la longue, aurait pu devenir insuffisante, ce qui avait obligé Robin Hood à pourvoir d'une manière plus certaine aux besoins de sa troupe.

En conséquence, après avoir fait garder les routes qui traversent en tous les sens la forêt de Sherwood, il avait prélevé un impôt sur le passage des voyageurs. Cet impôt, quelquefois exorbitant si l'étranger surpris par la bande était un grand seigneur, se réduisait à fort peu de chose dans le cas contraire. Du reste, ces extorsions journalières n'avaient point les apparences du vol ; elles étaient faites avec autant de bonne grâce que de courtoisie.

Voici de quelle manière les hommes de Robin Hood arrêtaient les voyageurs :

— Sir étranger, disaient-ils en ôtant avec politesse la toque qui couvrait leur tête, notre chef, Robin Hood, attend Votre Seigneurie pour commencer son repas.

Cette invitation, qui ne pouvait être refusée, était donc accueillie avec un semblant de reconnaissance.

Conduit, toujours courtoisement, en présence de Robin Hood, l'étranger se mettait à table avec son hôte, mangeait bien, buvait mieux encore, et apprenait au dessert le chiffre de la dépense qui avait été faite en son honneur. Il va sans dire que ce chiffre était proportionné à la valeur financière de l'étranger. S'il se trouvait pourvu d'argent, il payait ; s'il n'avait sur lui qu'une somme insuffisante, il donnait le nom et l'adresse de sa famille, et l'on réclamait à celle-ci une forte rançon. Dans ce dernier cas, le voyageur, tout en restant prisonnier, était si bien traité qu'il attendait sans éprouver le moindre mécontentement l'heure de sa mise en liberté. Le plaisir de dîner avec Robin Hood coûtait très cher aux Normands, néanmoins on ne se plaignait jamais d'y avoir été contraint.

Deux ou trois fois une compagnie de soldats fut envoyée contre les forestiers ; mais, toujours honteusement vaincue, elle en arriva à déclarer que la bande de Robin Hood était invincible. Si les grands seigneurs étaient largement dépouillés, en revanche les pauvres gens, saxons ou normands, recevaient un cordial accueil. En l'absence de Tuck, on se permettait quelquefois d'arrêter un moine; s'il consentait de bonne grâce à dire une messe pour la bande, il était généreusement récompensé.

Notre vieil ami Tuck se trouvait trop heureux en si joyeuse compagnie pour avoir eu un seul instant l'idée de se séparer d'elle. Il s'était fait construire un petit ermitage dans les environs de la cave, et il vivait plantureusement des meilleurs produits de la forêt. Il buvait toujours, le digne frère, du vin lorsqu'il avait le bonheur d'en rencontrer quelques bouteilles, de l'ale forte à défaut de vin, et de l'eau pure, hélas! lorsque l'inconstante fortune lui retirait ses faveurs. Mais il va sans dire que le pauvre Gilles faisait alors une laide grimace, et qu'il déclarait fade et nauséabonde l'eau limpide du ruisseau. Le temps n'avait point apporté d'amélioration dans le caractère du brave moine. C'était toujours le même homme, hâbleur, bruyant, fanfaron et prêt à la riposte. Il suivait la bande dans ses excursions dans la forêt, et c'était un plaisir de rencontrer les gais compagnons aux visages riants, à la parole animée, qui, même en arrêtant les voyageurs, ne perdaient rien de leur aimable humeur. Ils se montraient à tous si visiblement heureux, si enchantés de leur manière de vivre, que la voix publique les nomma amicalement «les joyeux hommes de la forêt».

Depuis près de cinq ans personne n'avait entendu parler d'Allan Clare ni de lady Christabel; on savait seulement que le baron Fitz-Alwine avait suivi Henri II en Normandie.

Quant au pauvre Will l'Écarlate, il avait été enrôlé dans une compagnie.

Halbert, qui avait épousé Grâce May, habitait avec sa femme la petite ville de Nottingham, et il était déjà père d'une charmante fille de trois ans.

Maude, la jolie Maude, comme disait le gentil William, faisait toujours partie de la famille Gamwell, qui, nous l'avons dit, s'était secrètement retirée dans une propriété du Yorkshire.

Le vieux baronnet avait trouvé auprès de sa femme et de ses enfants l'oubli de son malheur; il avait repris des forces, et sa florissante santé lui promettait une longue vie.

Les fils de sir Guy s'étaient faits les compagnons de Robin Hood, et ils vivaient avec lui dans la verte forêt.

Un grand changement s'était opéré dans la personne de notre héros : il avait grandi ; ses membres étaient devenus forts ; la beauté délicate de ses traits avait, sans perdre son exquise distinction, pris les formes de la virilité. Âgé de vingt-sept ans, Robin Hood paraissait avoir atteint sa trentième année ; ses grands yeux noirs pétillaient d'audace; ses cheveux aux boucles soyeuses encadraient un front pur et à peine bruni par les caresses du soleil; sa bouche et ses moustaches d'un noir de jais donnaient à sa charmante figure une expression sérieuse; mais l'apparente sévérité de la physionomie n'ôtait rien à l'aimable enjouement de son caractère. Robin Hood, qui excitait au plus haut point l'admiration des femmes, n'en paraissait ni fier ni flatté, son cœur appartenait à Marianne. Il aimait la jeune fille aussi tendrement que dans le passé, et lui rendait de fréquentes visites au château de sir Guy. Le mutuel amour des deux jeunes gens était connu de la famille Gamwell, et on attendait pour conclure leur mariage le retour d'Allan ou la nouvelle de sa mort.

Au nombre des hôtes amicalement accueillis à Barnsdale (nom de la propriété du baronnet saxon) se trouvait un jeune homme qui adorait Marianne. Ce jeune homme, proche voisin de sir Guy (le parc de son château touchait aux limites de Barnsdale), était depuis quelques mois à peine de retour de Jérusalem, où il avait suivi une croisade, appartenant à l'ordre des Templiers.

Sir Hubert de Boissy était chevalier, et par conséquent voué au célibat.

Un matin, au retour d'une promenade faite à cheval dans les environs, sir Hubert aperçut

Marianne à une fenêtre du château de son voisin. Il la trouva belle, désira la revoir et s'informa de sa personne. On le lui apprit. Aussitôt il se présenta à la porte du baronnet, s'annonça comme un voisin de bonne compagnie, offrit son amitié au vieillard et essaya de gagner sa confiance. C'était une conquête fort difficile à faire ; le vieux Saxon, qui détestait les Normands, se tint sur la réserve et accueillit avec une extrême froideur les avances du seigneur de Boissy. Fort peu découragé par ce premier échec, le chevalier revint à la charge. Alors, conseillé par la prudence, sir Guy se montra plus traitable. Quelques jours après cette seconde entrevue, Hubert rendit une visite aux dames de Gamwell, et, une fois admis au cercle de la famille, il se montra si franc, si affectueux, si aimable que sir Guy, auquel il racontait de merveilleuses histoires, vit s'évanouir peu à peu le sentiment de méfiance que lui avait inspiré le seul aspect du Normand.

Les visites d'Hubert se multiplièrent, et il se conduisit avec tant d'adresse qu'il gagna complètement, sinon la confiance, du moins l'estime et l'amitié du vieillard, pour lequel il devint un très agréable compagnon. Galant avec les jeunes filles sans importunité, il partageait également entre elles ses prévenances et ses attentions. Il était donc impossible de se plaindre de son assiduité, elle paraissait être tout amicale ; Marianne la jugea ainsi, car il ne lui vint pas à la pensée d'en fait part à Robin. Cependant la jeune fille avait à redouter une rencontre fortuite entre les deux hommes dans le salon du château, et cette rencontre pouvait conduire Robin Hood à commettre quelque imprudence, car il était fort à présumer que le fougueux jeune homme ne pourrait voir d'un œil tranquille l'intimité d'un Saxon avec un ennemi de sa race.

Hubert de Boissy était un de ces hommes qui, sans posséder de grandes qualités physiques, ou morales, ont le talent de plaire aux femmes et de s'en faire aimer. La souplesse de son caractère ayant toujours laissé croire à la bonté de son cœur, il avait eu dans le monde de véritables succès. Cet inexplicable engouement donna au jeune homme beaucoup de fatuité et une dose d'impudence qui ne lui permettait pas de supposer un refus sérieux de la part d'une femme honorée de son attention.

Les règles de l'ordre auquel appartenait Hubert, en lui interdisant le mariage, le soumettaient aux devoirs d'une vie chaste ; mais, à vrai dire, la plupart des templiers imitaient la conduite d'Hubert, qui, habitué au luxe d'une fortune princière, vivait dans le monde et menait l'existence d'un jeune homme entièrement libre de disposer de son cœur, de sa fortune et de ses loisirs.

Le premier regard qu'il obtint de l'innocente Marianne fit naître dans le cœur du chevalier une vive passion, et cette passion dissimulée à tous les yeux, ignorée de celle qui en était l'objet, devint un supplice pour Hubert. Tenu à distance par le froid maintien de la jeune fille, exaspéré par son dédaigneux mépris pour les usurpateurs normands, il se prit pour Marianne d'un amour haineux mêlé à la fois de désir et d'exécration.

Le chevalier avait assez de finesse et d'expérience pour comprendre que, à part le bon sir Guy, toute la famille supportait douloureusement sa présence. Il se sentait lui-même fort mal à l'aise auprès de ceux qu'il nommait ses amis, et contre lesquels il méditait lâchement une cruelle vengeance.

En dépit de la généreuse bonté de son caractère, il arrivait souvent au vieux baronnet de laisser paraître son mépris pour les Normands et de les qualifier d'épithètes injurieuses. Hubert contenait la rage que lui faisaient éprouver ces mortelles insultes ; il souriait d'un air indulgent, et poussait quelquefois la duplicité jusqu'à feindre de partager les opinions de son hôte, mais toutefois après avoir essayé de les combattre afin d'inspirer pour lui-même un sentiment de miséricorde et de sympathie.

Hubert possédait une remarquable intelligence, il jugeait vite et bien lorsque l'intérêt de ses passions exigeait une grande rapidité de coup d'œil. Il lui avait donc par conséquent été facile, dès la première entrevue qui l'avait mis à même de juger sir Guy, de s'apercevoir que le bon vieillard était un homme simple, franc, sincère et incapable de supposer chez les autres les mauvaises pensées qu'il n'avait pas lui-même.

Deux mois après la première visite d'Hubert au château, il s'y trouva traité en apparence comme l'est un véritable ami.

Winifred et Barbara, les deux filles du baronnet, se montraient poliment gracieuses envers le Normand ; mais il n'en était pas de même de la part de Marianne, qui se méfiait instinctivement de la fausse bonhomie du chevalier.

Hubert avait appris le prochain mariage de Marianne, mais il lui avait été impossible de découvrir le nom de son futur époux.

Un esprit moins ardent que ne l'était celui du chevalier eût reculé devant la glaciale réserve de Marianne ; mais, à vrai dire, Hubert obéissait plutôt à un sentiment de vengeance qu'à l'entraînement irrésistible d'un véritable amour. Il attendait l'heure propice à une soudaine déclaration ; il se proposait de tomber aux genoux de la jeune fille et de lui avouer d'un ton humble l'ardente tendresse qu'il ressentait pour elle. Mais, tout en guettant avec une patiente persévérance le moment de se trouver en tête à tête avec Marianne, Hubert essayait de surprendre le secret de son amour, se promettant bien, s'il y parvenait, de briser sous ses pieds ce dangereux obstacle.

Interrogés par les valets d'Hubert, les vassaux de sir Guy donnèrent sur le fiancé de Marianne de faux renseignements ; ils le baptisèrent d'un nom de fantaisie, et le chevalier, en dépit de ses ruses et de ses adroites investigations, resta sur ce fait dans la plus complète ignorance.

Néanmoins il réussit à savoir que le futur époux de Marianne était saxon, jeune et d'une beauté remarquable ; il apprit encore qu'on entourait de mystère les visites qu'il faisait au château. Le chevalier se mit en embuscade afin de surprendre l'arrivée de son rival et de le tuer au passage ; mais cette bienveillante intention fut déjouée, le jeune homme attendu ne vint pas.

Les choses en étaient là, Hubert n'avait pas encore révélé ni l'emportement de sa passion pour Marianne ni la haine qu'il ressentait pour toute la famille, lorsque la fête d'un village situé à quelque distance du château y appela tous les membres de la famille Gamwell. Hubert sollicita la permission d'accompagner les dames, et cette permission lui fut gracieusement accordée.

Winifred, Maude et Barbara se promettaient un grand plaisir de cette petite excursion ; mais Marianne, qui attendait la visite de Robin Hood, prétexta un violent mal de tête pour avoir la liberté de rester seule au château.

La famille partit, les vassaux endimanchés la suivirent, et, à l'exception d'un homme de garde et de deux femmes de service, tous les habitants du logis s'éloignèrent de Barnsdale.

Restée seule, Marianne monta dans sa chambre, fit une jolie toilette, et se plaça auprès d'une fenêtre, d'où elle pouvait plonger sur les différentes routes qui venaient aboutir au château. À chaque instant, elle croyait entendre le son mélodieux du cor aérien, appel qui lui annonçait l'approche du bien-aimé. Alors sa charmante tête se penchait à demi, ses yeux pensifs brillaient d'un rapide éclat, ses lèvres sérieuses prononçaient un nom, et tout son être palpitait de joie, d'anxiété et d'attente. Mais le son ne s'était pas fait entendre, mais la silhouette entrevue n'avait pas allongé sa forme élégante sur le sable doré du chemin, et Marianne, ne voyant rien avec ses yeux, regardait en elle-même pour voir avec son cœur.

L'attente fut longue, et bientôt elle devint douloureuse. Marianne fouilla l'horizon, pénétra la profondeur des allées du parc, écouta tous les bruits, et, déçue dans son ardente espérance, elle se mit tristement à pleurer.

Assise dans un fauteuil et la tête appuyée sur une de ses mains, elle se livrait avec abandon à son naïf désespoir, lorsqu'un léger bruit lui fit lever les yeux.

Hubert était devant elle.

Marianne jeta un cri et voulut fuir.

— Pourquoi cette frayeur, miss ? Me prenez-vous pour un fils de Satan ? Vive Dieu ! je croyais avoir le droit de supposer que ma présence dans la chambre d'une femme ne pouvait être pour elle un épouvantail.

— Excusez-moi, messire, balbutia Marianne d'une voix tremblante ; je ne vous ai pas entendu ouvrir la porte. J'étais seule... et...

— Vous me paraissez avoir une grande passion pour la solitude, charmante Marianne, et lorsqu'il arrive à un ami de vous surprendre dans votre retraite, vous lui montrez un visage aussi mécontent que s'il avait eu la maladresse d'interrompre une causerie amoureuse.

Marianne, un instant dominée par l'effroi, reprit bientôt le calme habituel à sa tranquille nature. Elle releva fièrement la tête, et d'un pas ferme se dirigea vers la porte. Le chevalier de Boissy l'arrêta au passage.

— Mademoiselle, dit-il, je désire causer avec vous ; faites-moi le plaisir de m'accorder quelques instants. Je pensais en vérité que ma visite serait mieux accueillie.

— Votre visite, messire, répondit dédaigneusement la jeune fille, est aussi désagréable qu'elle a été inattendue.

— Vraiment! s'écria Hubert, j'en suis fort peiné; mais que voulez-vous, mademoiselle, il faut savoir subir ce que l'on ne peut empêcher.

— Si vous êtes gentilhomme, vous connaissez les usages du monde, sir Hubert; il doit donc me suffire de vous inviter à me laisser seule.

— Je suis gentilhomme, ma belle enfant, répondit le chevalier d'une voix railleuse; mais j'aime tellement la bonne société qu'il me faut une raison plus forte qu'un simple désir pour me décider à la quitter.

— Vous manquez à toutes les lois de la galanterie chevaleresque, messire, répondit Marianne. Veuillez alors me permettre de vous laisser dans un endroit où vous êtes venu sans être appelé ni désiré.

— Mademoiselle, reprit insolemment Hubert, je trouve bon aujourd'hui d'oublier la politesse en toute chose, et si mon intention n'est pas de me retirer, elle n'est pas non plus de vous laisser sortir. J'ai eu l'honneur de vous dire que je désirais causer avec vous, et comme les occasions d'un tête-à-tête sont aussi rares que votre beauté, il serait mal à moi de ne pas mettre à profit celle que j'ai conquise en prétextant à votre exemple une forte migraine. Veuillez donc m'écouter. Depuis longtemps je vous aime.

— Assez, messire, interrompit Marianne, il ne m'est pas permis d'en entendre davantage.

— Je vous aime, reprit Hubert.

— Oh! s'écria Marianne, si le baronnet se trouvait auprès de moi, vous n'oseriez me parler ainsi.

— Évidemment, répondit le jeune homme avec insolence.

Une pâleur livide couvrit les joues de la pauvre enfant.

— Vous avez de l'esprit et de l'intelligence, continua Hubert, il est donc inutile que je perde mon temps à vous combler de niaises flatteries. Cette manière d'agir aurait certainement une heureuse influence sur la jeune fille vaine et coquette; mais vis-à-vis de vous elle serait oiseuse et de mauvais ton. Vous êtes fort belle, et je vous aime; vous le voyez, je vais droit au but; voulez-vous me rendre une petite partie de mon affection?

— Jamais! répondit fermement Marianne.

— Voilà un mot qu'il serait prudent de ne point prononcer lorsqu'il arrive à une jeune fille de se trouver seule avec un homme fort épris de sa beauté.

— Ô mon Dieu! mon Dieu! s'écria Marianne en joignant les mains.

— Voulez-vous être ma femme ? Si vous y consentez, vous serez une des plus grandes dames du Yorkshire.

— Malheureux ! s'exclama la jeune fille, vous mentez honteusement aux serments que vous avez faits. Vous m'offrez une main qui n'est pas libre ; vous appartenez à l'ordre des Templiers, et le sacrement du mariage vous est interdit.

— Je puis être relevé de mes vœux, reprit le chevalier, et, si vous acceptez mon nom, rien ne pourra s'opposer à notre bonheur. Je vous le jure sur l'immortalité de mon âme, Marianne, vous serez heureuse ; je vous aime de toutes les forces de mon cœur, je serai votre esclave, je n'aurai d'autre pensée que celle de vous rendre la plus enviée des femmes. Marianne, répondez-moi ; ne pleurez pas ainsi ; voulez-vous me permettre d'espérer votre amour ?

— Jamais ! jamais ! jamais !

— Encore ce mot ! Marianne, ajouta Hubert d'un ton mielleux. N'agissez pas à la légère, réfléchissez avant de répondre. Je suis riche, je possède les plus beaux domaines de la Normandie, de nombreux vassaux ; ils seront vos valets, ils verront en vous la femme bien-aimée de leur seigneur, et vous serez l'idole de toute la contrée. Je couvrirai vos cheveux de perles fines, je vous comblerai des dons les plus précieux. Marianne, Marianne, je vous le jure, vous serez heureuse avec moi.

— Ne jurez pas, messire, car vous manque-
riez à ce nouveau serment comme vous avez
manqué à celui qui vous engage avec le ciel.

— Non, Marianne, j'y serai fidèle.

— Je veux bien ajouter foi à vos paroles,
messire, reprit la jeune fille d'un ton plus conci-
liant ; mais je ne puis répondre aux désirs
qu'elles expriment : mon cœur ne m'appartient
pas.

— On me l'avait dit et je ne pouvais le croire,
tellement cette pensée m'était odieuse. Est-ce
vrai ? est-ce bien vrai ?

— C'est vrai, messire, répondit Marianne en
rougissant.

— Eh bien ! soit ! je respecterai le secret de
votre cœur si vous m'accordez quelquefois une
parole bienveillante, si vous me dites que je
puis espérer le titre de votre ami. Je vous
aimerai si tendrement, Marianne, je vous serai
si dévoué !

— Je ne veux point d'ami, messire, et je ne
saurais reconnaître des droits à une affection
qu'il m'est impossible de partager. Celui qui
occupe mes pensées possède les seules
richesses dont je puisse ambitionner la
conquête : un noble cœur, un esprit chevaleresque et un caractère loyal. Je lui serai éternellement fidèle, éternellement attachée.

— Marianne, ne me jetez pas dans le désespoir, j'y perdrais ma raison. Je désire rester

calme et me tenir vis-à-vis de vous dans les limites du respect; mais si vous me traitez encore avec autant de dureté, il me sera difficile de dompter ma colère. Marianne, écoutez-moi; vous n'êtes pas aimée aussi passionnément que je vous aime par cet homme qui peut vivre séparé de vous. Ô Marianne, soyez à moi! Quelle est votre existence ici? L'isolement au milieu d'une famille étrangère. Sir Guy n'est pas votre père, Winifred et Barbara ne sont pas vos sœurs. Le sang normand, je le sais, coule dans vos veines, et le dédain que vous me témoignez est un écho de la reconnaissance qui vous attache à ces Saxons. Venez, ma belle Marianne, venez avec moi, je vous ferai une vie de luxe, de plaisir et de fêtes.

Un dédaigneux sourire entrouvrit les lèvres de Marianne.

— Messire, dit-elle, veuillez vous retirer, les offres que vous me faites ne méritent même pas la politesse d'un refus. J'ai eu l'honneur de vous dire que j'étais fiancée à un noble Saxon.

— Alors vous repoussez, vous dédaignez mes offres, orgueilleuse jeune fille? demanda Hubert d'une voix altérée.

— Oui, messire.

— Vous mettez en doute la sincérité de mes paroles?

— Non, sir chevalier, et je vous remercie de vos bonnes intentions; mais, je vous en prie une dernière fois, laissez-moi seule ; votre présence dans mon appartement me cause une peine très vive.

Pour toute réponse, le chevalier prit un siège et l'approcha de celui qu'occupait Marianne.

La jeune fille se leva, et, debout au milieu de la chambre, elle attendit le front calme et les yeux baissés le départ d'Hubert.

— Revenez auprès de moi, dit-il après un instant de silence, je ne veux point vous faire de mal, je veux obtenir une promesse qui, sans vous obliger à rompre votre mariage avec le mystérieux inconnu que vous aimez si tendrement, me donnera la force de supporter le souvenir de vos dédains. Je prie alors que j'ai le droit d'exiger, Marianne, ajouta Hubert en s'avançant vers la jeune fille qui, sans apparente précipitation, mais d'un pas ferme, se dirigea vers la porte. Cette porte est fermée, miss Marianne, et vos jolies mains se meurtriraient inutilement contre la serrure. Je suis homme de précaution, ma belle enfant ; il n'y a personne au château, et s'il vous prenait fantaisie d'appeler du secours, mes gens qui sont apostés à quelques pas de Barnsdale prendraient vos cris pour un ordre d'amener au bas du perron d'excellents chevaux tous sellés, et qui, bon gré, mal gré, vous emporteraient loin d'ici.

— Messire, dit Marianne d'une voix pleine de sanglots, ayez pitié de moi ; vous me demandez des choses qu'il m'est impossible de vous accorder, et la violence ne pourra rien sur mon cœur. Laissez-moi partir ; vous le voyez, je ne crie pas, je n'appelle personne. Je vous estime assez pour croire que vos menaces d'enlèvement n'ont rien de sérieux ; vous êtes un homme d'honneur, et vous ne sauriez même avoir la pensée de commettre une action aussi lâche. Sir Guy vous aime, sir Guy a pour vous de l'estime, de la considération, auriez-vous le courage de mentir aussi cruellement à la généreuse amitié que vous avez fait naître ? Songez-y, toute la famille Gamwell serait au désespoir ; moi-même je... je me tuerais, chevalier.

En achevant ces mots, Marianne fondit en larmes.

— J'ai juré que vous seriez à moi.

— Vous avez fait là un serment insensé, messire, et si jamais votre cœur a battu d'amour pour une femme, songez dans quelle douloureuse situation elle se trouverait si, étant aimée de vous, un homme voulait l'obliger à renier cet amour. Vous avez peut-être une sœur, messire, pensez à elle ; moi j'ai un frère, et il ne survivrait pas à mon déshonneur.

— Vous serez ma femme, Marianne, ma femme chérie et respectée ; venez avec moi.

— Non, messire, non, jamais !

Hubert, qui s'était doucement rapproché de Marianne, voulut l'entourer de ses bras. La jeune fille échappa à cette odieuse étreinte, et, s'élançant à l'extrémité de la chambre, elle cria d'une voix retentissante :

— Au secours ! au secours !

Hubert, peu effrayé d'un appel qu'il savait devoir être sans effet, se prit cruellement à sourire, et parvint à saisir les mains de la jeune fille. Mais au moment où il tentait d'attirer Marianne à lui, par un geste rapide comme la pensée, la jeune fille arracha un poignard suspendu à la ceinture d'Hubert et s'élança vers la fenêtre restée ouverte. La pauvre enfant tout éperdue allait se frapper ou se précipiter, lorsque le son d'un cor jeta ses notes harmonieuses dans le silence de la plaine. Marianne, à demi renversée sur la balustrade de la fenêtre, tressaillit faiblement ; puis elle releva la tête, et, la main toujours armée, l'ouïe tendue, le sein palpitant, elle écouta. Le son, d'abord vague et indistinct, se fit peu à peu clairement entendre, puis il éclata en fanfare joyeuse. Hubert, subjugué par le charme de cette mélodie inattendue, n'avait fait aucun mouvement offensif vers la jeune fille, mais lorsque le son du cor eut cessé de se faire entendre, il chercha à l'éloigner de la fenêtre.

— Au secours ! Robin, au secours ! cria Marianne d'une voix vibrante ; au secours ! vite,

vite, Robin, mon cher Robin, c'est le ciel qui vous envoie !

Hubert, foudroyé de surprise en entendant prononcer ce nom redoutable, essaya d'étouffer les cris de Marianne ; mais la jeune fille se débattit avec une énergie et une force extraordinaires.

Tout à coup le nom de Marianne retentit audehors, le bruit d'une lutte succéda à cet appel ; puis la porte de l'appartement où se trouvait la jeune fille vola en éclats, et Robin Hood parut sur le seuil.

Sans jeter un cri, sans dire un mot, Robin bondit sur le chevalier, le saisit à la gorge et le jeta aux pieds de Marianne.

— Misérable ! dit le jeune homme en mettant son genou sur la poitrine d'Hubert, vous cherchez à violenter une femme.

Marianne tomba en pleurant dans les bras de son fiancé.

— Soyez béni, cher Robin, dit-elle ; vous m'avez sauvé plus que la vie, vous m'avez sauvé l'honneur.

— Ma chère Marianne, répondit le jeune homme, je ne demande jamais à Dieu d'autre grâce que celle de me trouver auprès de vous à l'heure du danger. La sainte Providence a guidé mes pas, qu'elle soit glorifiée. Calmez-vous, vous me raconterez tout à l'heure ce qui s'est passé avant ma bienheureuse venue. Quant à vous, impudent coquin, continua Robin Hood en se retournant vers le chevalier qui venait de se relever, éloignez-vous ; je respecte trop profondément la noble jeune fille que vous avez eu l'audace d'insulter pour me permettre de vous frapper devant elle. Sortez...

Nous n'essayerons pas de dépeindre la rage du misérable séducteur, elle tenait de la folie. Ses yeux lancèrent sur le jeune couple un regard chargé de haine ; il grommela quelques mots indistincts, et, désarmé, raillé, insulté, honni, il gagna la porte, descendit en chancelant l'escalier qu'il avait franchi avec tant de joie, et s'éloigna du château. Robin Hood tenait Marianne pressée contre sa poitrine et la pauvre jeune fille continuait de pleurer, tout en essayant de témoigner à son sauveur toute la joie que lui donnait sa présence.

— Marianne, chère bien-aimée Marianne, disait Robin d'une voix attendrie, vous n'avez plus rien à craindre, je suis avec vous. Allons, levez vers moi ce charmant visage ; je désire lui voir une expression tranquille et souriante. Marianne essaya d'obéir à la tendre prière de son ami ; mais elle ne put prononcer un seul mot, tant son émotion était grande.

— Quel est ce jeune homme, mon amie ? demanda Robin après un silence, et en faisant asseoir à ses côtés la jeune fille encore tremblante.

— Un seigneur normand dont les propriétés avoisinent Barnsdale, répondit craintivement la jeune fille.

— Un Normand! s'écria Robin. Comment se peut-il faire que mon oncle reçoive dans sa maison un homme qui appartient à cette race maudite?

— Mon cher Robin, reprit Marianne, sir Guy, vous le savez, est un vieillard prudent et sage; ne jugez pas sa conduite sous l'influence du sentiment de colère qui vous anime en ce moment. S'il a reçu les visites du chevalier Hubert de Boissy, croyez bien qu'une raison sérieuse lui en a fait une obligation. Autant que vous, peut-être plus encore, sir Guy déteste les Normands. Outre la raison de prudence qui a obligé votre oncle à accueillir les avances du chevalier, il y a encore la ruse, l'adresse, la mielleuse fourberie avec laquelle ce dernier est parvenu à s'insinuer dans les bonnes grâces de toute la famille. Sir Hubert se montrait si respectueux, si humble et si dévoué que tout le monde s'est laissé prendre à l'apparente loyauté de son caractère.

— Et vous, Marianne?

— Moi, répondit la jeune fille, je ne le jugeais pas; mais je trouvais dans son regard quelque chose de faux qui devait repousser la confiance.

— Comment est-il parvenu à s'introduire dans votre appartement?

— Je ne sais pas. Je pleurais, parce que...

Et la jeune fille rougit en baissant les yeux.

— Parce que… ? interrogea tendrement Robin.

— Parce que vous ne veniez pas, dit Marianne avec un doux sourire.

— Chère bien-aimée !

— Un léger bruit ayant attiré mon attention, je relevai la tête et je vis le chevalier. Il avait quitté sir Guy à l'aide de quelque prétexte, éloigné sans doute les femmes de service, et fait garder par ses gens les abords de la maison.

— Je sais cela, interrompit Robin ; j'ai renversé deux hommes qui avaient voulu me fermer le passage.

— Ô cher Robin, vous m'avez sauvée ! Sans vous j'étais morte ; j'allais me frapper lorsque j'ai entendu le son de votre cor.

— Où se trouve la demeure de ce misérable ? demanda Robin les dents serrées.

— À quelques pas d'ici, répondit la jeune fille en conduisant Robin du côté de la fenêtre. Venez, ajouta-t-elle ; voyez-vous ce bâtiment dont la toiture domine les arbres du parc ? Eh bien ! c'est le château du seigneur de Boissy.

— Merci, chère Marianne ; mais ne parlons plus de cet homme, je souffre à l'idée seule que ses mains infâmes ont pu toucher vos mains. Parlons de nous, de nos amis ; j'ai de bonnes nouvelles à vous donner, chère Marianne, des nouvelles qui vous rendront bien heureuse.

— Hélas! Robin, reprit tristement la jeune fille, je suis si peu habituée à la joie que je ne puis croire même à l'espérance d'un heureux événement.

— Et vous avez tort, mon amie. Voyons, oubliez ce qui vient de se passer, et tâchez de deviner le secret de mes bonnes nouvelles.

— Ô cher Robin! s'écria la jeune fille, vos paroles me font pressentir un bonheur inespéré. Vous avez reçu votre grâce, n'est-ce pas? Vous êtes libre, vous n'êtes plus obligé de fuir le regard des hommes?

— Non, Marianne, non, je suis toujours un pauvre proscrit; je ne voulais pas parler de moi.

— Alors c'est de mon frère, de mon cher Allan? Où est-il, Robin? Quand viendra-t-il me voir?

— Il viendra bientôt, je l'espère, répondit Robin; j'ai reçu de ses nouvelles par un homme qui s'est associé à ma bande. Cet homme, fait prisonnier par les Normands à l'époque fatale de notre rencontre avec les croisés dans la forêt de Sherwood, fut contraint d'entrer au service du baron Fitz-Alwine. Le baron est arrivé hier avec lady Christabel à son château de Nottingham. Naturellement le Saxon fait soldat est revenu avec lui, et sa première pensée a été de s'unir à nous. Il m'a donc appris qu'Allan Clare tenait un rang distingué dans l'armée du roi de France, et qu'il était sur le point d'obtenir un congé pour venir passer quelques mois en Angleterre.

— Voilà en vérité une heureuse nouvelle, cher Robin, s'écria Marianne ; comme toujours vous êtes le bon ange de votre pauvre amie. Allan vous aime déjà beaucoup, mais combien il vous aimera plus encore lorsque je lui aurai dit à quel point vous avez été généreux et bon pour celle qui, sans l'appui de votre protectrice tendresse, serait morte d'ennui, de chagrin et d'inquiétude.

— Chère Marianne, répondit le jeune homme, vous direz à Allan que j'ai fait tout mon possible pour vous aider à supporter patiemment la douleur de son absence ; vous lui direz que j'ai été pour vous un frère tendre et dévoué.

— Un frère ! ah ! plus qu'un frère, dit doucement Marianne.

— Chère bien-aimée, murmura Robin en pressant la jeune fille sur son cœur, dites-lui que je vous aime passionnément et que toute ma vie vous appartient.

Le tendre tête-à-tête des deux jeunes gens se prolongea longtemps, et s'il arriva à Robin de presser trop vivement contre les siennes les mains de sa belle fiancée, cette affectueuse caresse eut la chaste réserve d'un amour respectueux.

Le lendemain, au point du jour, Robin Hood monta à cheval, et, sans avertir personne de ce départ précipité, il gagna en toute hâte la forêt de Sherwood. Par ses ordres une cinquantaine d'hommes, placés sous le commandement de Petit-Jean, se rendirent à Barnsdale, et, cachés dans les environs du village, ils y attendirent les dernières instructions de leur jeune chef.

Le soir même, Robin Hood conduisit ses hommes dans un petit bois qui faisait face au château d'Hubert de Boissy, et leur raconta en peu de mots l'infâme conduite du chevalier normand.

— J'ai appris, ajouta Robin, qu'Hubert de Boissy se préparait à prendre une revanche terrible ; il a réuni ses vassaux, qui sont au nombre de quarante, et cette nuit il doit faire une descente sur le château de notre cher parent et ami sir Guy de Gamwell ; il se propose d'incendier les bâtiments, de tuer les hommes et d'enlever les femmes. Eh bien ! mes garçons, il a compté sans nous ; nous défendrons l'approche de Barnsdale ; la victoire ne peut être mise en doute. Adresse et courage, et en avant !

— En avant ! crièrent avec enthousiasme les joyeux hommes de la forêt.

Aux premières ténèbres de la nuit, les portes du château d'Hubert donnèrent passage à une troupe d'hommes qui prit à pas muets le chemin de Barnsdale. Mais à peine eut-elle franchi les limites de la propriété du Normand qu'un cri de guerre passa au-dessus de sa tête et la glaça de terreur. Hubert s'élança au milieu de ses hommes, et, les encourageant de la voix et du geste, il se précipita du côté où s'était fait entendre cette menaçante clameur. Aussitôt les forestiers sortirent du bois et fondirent sur la petite troupe.

La bataille violemment engagée allait devenir sanglante lorsque Robin Hood se rencontra face à face avec le chevalier de Boissy.

Le combat fut terrible. Hubert se défendit vaillamment ; mais Robin Hood, dont les forces étaient triplées par la colère, fit des prodiges de valeur et enfonça son épée jusqu'à la garde dans le cœur du chevalier normand.

Les vassaux demandèrent quartier, et Robin fut généreux ; son ennemi mort, il donna l'ordre d'arrêter le combat. Le château de Boissy fut livré aux flammes, et le seigneur de ce magnifique domaine, pendu à un arbre du chemin.

Marianne était vengée.